A CIDADE DOS FETOS SEM PAI

CIP-BRASIL. CATALOGAÇÃO NA PUBLICAÇÃO
SINDICATO NACIONAL DOS EDITORES DE LIVROS, RJ

F888c Franceschi, Claudia De
A cidade dos fetos sem pai / Claudia De Franceschi. – 1. ed. – Porto Alegre [RS] : AGE, 2024.
200 p. ; 16x23 cm.

ISBN 978-65-5863-309-9
ISBN E-BOOK 978-65-5863-311-2

1. Romance brasileiro. I. Título

24-93638 CDD: 869.3
CDU: 82-31(81)

Meri Gleice Rodrigues de Souza – Bibliotecária – CRB-7/6439

Claudia De Franceschi

A CIDADE DOS FETOS SEM PAI

Editora
AGE

PORTO ALEGRE, 2024

© Claudia De Franceschi, 2024

Capa:
Marco Cena

Diagramação:
Júlia Seixas

Supervisão editorial:
Paulo Flávio Ledur

Editoração eletrônica:
Ledur Serviços Editoriais Ltda.

Reservados todos os direitos de publicação à
LEDUR SERVIÇOS EDITORIAIS LTDA.
editoraage@editoraage.com.br
Rua Valparaíso, 285 – Bairro Jardim Botânico
90690-300 – Porto Alegre, RS, Brasil
Fone: (51) 3223-9385 | Whats: (51) 99151-0311
vendas@editoraage.com.br
www.editoraage.com.br

Impresso no Brasil / Printed in Brazil

Dedicatória

Dedico ao Luzi, meu amor e melhor amigo.
Grande incentivador e companheiro de todas as horas.

Aos meus filhos, Arthur e Eduardo,
meus amores, amigos e parceiros.

A eles costumo dizer:
Papai do Céu querido, como o Senhor sabia,
com tantos guris no mundo, eram esses que eu queria.

Às minhas queridas noras Cintia e Bibiana.

E ao meu amado neto Antonio, a maior alegria de toda a família.

Agradecimentos

Ao Eugênio Esber, exímio jornalista, escritor e biógrafo. Dele recebi o incentivo para concluir o livro, colaboração na revisão e indicação da Editora AGE.

À Hilda Simões Lopes, escritora e professora de oficina literária. Com ela aprendi a limpar, estruturar e iluminar o texto.

À Leda Becker, poeta sensível e criativa, pelas nossas trocas literárias.

Ao Professor Paulo Flávio Ledur, pela competência e empatia durante a correção do texto.

Ao Max Ledur, pela condução do projeto.

À Júlia Seixas, eficiente e sempre disponível na diagramação do livro.

E a toda a equipe da Editora AGE, pelo acolhimento.

Ao artista plástico Marco Cena, pelo talento e sensibilidade refletidos na capa.

Prefácio

Prepare-se para *A cidade dos fetos sem pai*.

Sim, é preciso se preparar.

E, com esse mister, faço algumas recomendações.

Não comece a ler se não dispuser de, ao menos, duas horas de tempo livre, pois a partir da primeira página percorrida você não atenderá o telefone pela simples razão de que talvez nem escute a chamada, tão absorvente é a trama urdida por Claudia De Franceschi.

Eu mesmo incorri no erro, jornalista que sou, de tentar ler a novela enquanto dava conta de outras tarefas, e lhe digo, caro leitor, que esta pretensão é tão irrealizável quanto tentar embarcar em um trem de alta velocidade enquanto está em movimento, engolindo distâncias.

O trem. Guarde isso, caso você se disponha a ser passageiro desta aventura conduzida por Claudia, uma ex-professora universitária que em certo momento abandonou a lida em seu consultório de Odontologia, e inclusive a docência em Periodontia para estudantes da PUCRS. Sua cabeça havia mudado. Ela ainda não sabia, imagino, mas a causa da transformação era um irresistível fascínio pela vida e pelo gênero humano, para além, para muito além, de bocas e dentes.

Gestava-se, em seu íntimo, a paixão pelos mistérios da alma e do comportamento humanos. E o fruto dessa gestação só poderia mesmo redundar em boa e arrebatadora literatura.

Pois agora esperneia e chora em seus braços, caros leitores, este pequeno e irrequieto rebento que é *A cidade dos fetos sem pai*, obra de estreia da cachoeirense Claudia De Franceschi, a ex-jogadora de vôlei que encontrou, em recortes de jornais que ela pinçava aqui e ali, a sua grande sacada.

Imaginava escrever contos, e até começou a compô-los, mas quando percebeu que fatos tão insólitos imitavam a literatura (e vice-versa), ela tomou a decisão de enveredar pelo caminho da narrativa mais longa, tecendo entre diferentes histórias elos surpreendentes.

O trem está apitando. Apronte-se para embarcar. A próxima parada, lembre-se, é só daqui a duas horas, no ponto final desta obra.

Aliás, ponto final ou reticências?

Diga você.

Eugênio Esber

Sumário

Na rodoviária 13
A viagem 15
A casa dos parentes assassinos 18
A chegada 24
A casa das sequestradas 29
A casa dos queimados 36
A cabeça na praça 42
Como explicar toda a confusão? 45
Um cemitério particular 47
Segredo revelado 51
Grávidas virgens 54
Dia 7 de um mês ímpar 58
Sonho repetido 65
O último apito do trem 68
Padre polêmico 71
Divergências 73
Filosofando 75
A estação do trem 78
Mais um caso de grávida virgem 84
De volta à filosofia 87
7 mil habitantes 89
Primeiro enterro no cemitério novo 94
A tempestade 100

Cemitério desmoronado 105
As cartas encontradas 107
Agora é entre nós 111
Encontros e histórias 116
A biblioteca 123
A praça, a cabeça... e eu 128
Decepção 130
Gravidez confirmada. E agora? 132
Novo censo 134
O pesadelo 136
O encontro determinante 140
As sagas das seis reencarnações 143
Os 4 mosqueteiros e suas histórias 149
As grávidas virgens contam suas histórias 167
Espera inquietante 175
Enfim, o dia chegou 178
Um novo vale surgiu 181
A sexta grávida 184
O perdão 188
A sétima grávida 191
Profecia confirmada 196

Na rodoviária

Decidi passar uns dias com a minha irmã. Nos últimos telefonemas e cartas, ela implorava a minha presença; dizia não poder contar por telefone o que estava acontecendo e muito menos por carta, pois alguém poderia descobrir o conteúdo. Naquele lugar tudo era possível, afirmava. Eu, apesar de preocupada, sempre justificava minha impossibilidade de viajar, até o dia em que minha irmã afirmou estar ocorrendo algo muito grave com ela. Tive coragem de informar ao meu marido a decisão de partir dentro de dois dias, tempo suficiente para deixar comida congelada, casa limpa; quando ele estivesse usando a última camisa passada, eu estaria de volta.

No dia planejado, parti, apesar dos argumentos contrários do meu marido.

Chegando à rodoviária, perguntei a vários funcionários onde vendiam passagem para a cidade da minha irmã. Todos demonstravam surpresa, pois nunca tinham ouvido falar do lugar. Uma delas afirmou trabalhar muitos anos na rodoviária, ter passado por vários setores e jamais ter ouvido o nome do lugarejo. Fiquei preocupada, sem atitude. E para piorar, esqueci o número do telefone de contato enviado pela minha irmã. Se voltasse em casa, perderia o único ônibus do dia, e admitir para o meu marido um erro desses seria a confirmação das palavras dele: "Não vai dar certo. Não consegues dar um passo sem mim. Se esperares, peço uns dias de folga no trabalho e te levo de carro.".

Não poderia aceitar. Minha irmã tinha sido clara: "Vem sozinha. O que tenho para falar só tu podes entender, só tu podes entender". Enquanto ouvia a voz dela ecoando, senti baterem em mim. Virei. Uma moça sorriu e disse:

– Sei onde fica o guichê de passagens para o lugar onde te esperam.

Apesar do inusitado, resolvi segui-la. Caminhei poucos passos e enxerguei o guichê onde vendiam passagem para o meu destino. Virei o rosto, pois queria agradecer, mas ela não estava. O rapaz no balcão falou:

– Bom dia! São 52 cruzeiros.

Nesse momento as pupilas dele aumentaram, os olhos verdes deram lugar ao preto. Demonstrei susto, mas ele continuou:

– Aqui está sua passagem.

Peguei o bilhete e saí o mais rápido possível. No local de partida dos ônibus, os boxes eram numerados de um a 25, e alguns estavam vazios. Todos os ônibus estacionados foram cuidadosamente vistos e revistos por mim. Ia começar tudo de novo: perguntaria aos motoristas, e estes não saberiam onde eu deveria embarcar. Que lugar misterioso é este! – Falei, e ouvi a voz atrás de mim:

– Misterioso mesmo. Me acompanhe.

Segui a moça pela segunda vez e no estacionamento de número 7 havia um ônibus laranja e verde, impossível de não ser notado. O motorista, torcendo a boca, afirmou estar cansado de esperar por mim. Pegou a passagem e disse:

– Já não era sem tempo. Vamos partir.

A viagem

Dentro do ônibus, na primeira fileira, havia uma senhora grisalha, vestida de preto, olhar parado fixo no vidro. Olhei na mesma direção. O reflexo sorria. Olhei rápido para ela, que permanecia sisuda, mas o reflexo sorria; insisti três vezes. Perturbada, fui adiante sem perceber os outros passageiros. O ônibus estava quase vazio. Sentei-me sozinha; dormiria um pouco. Segundo minha irmã, levaria 7 horas até o destino, fora a parada para o almoço e algum imprevisto. A demora em visitá-la era a preocupação em deixar meu marido sozinho. Eu lavava as roupas e passava do jeito determinado por ele, cozinhava o jantar e a marmita do dia seguinte. Era a única responsável pela limpeza e organização da casa; me esforçava para ele ter satisfação ao voltar do trabalho. Afinal, havia decidido ser dona de casa, e perfeita.

Devo ter adormecido. Ao meio-dia paramos para o almoço. O motorista pediu uma *a la minuta* e me aconselhou a pedir o mesmo. Afirmou não existir outra parada no trajeto e chegando próximo ao destino tudo poderia acontecer, sendo sempre bom estar bem alimentado, concluiu. Resolvi seguir o conselho. Reparei a sugestão ter sido apenas para mim. Olhei ao redor e observei que os outros passageiros me fitavam, até a senhora de vestido preto, grisalha e sisuda. Baixei a cabeça, constrangida. Após o almoço, tomei um café olhando apenas para xícara; sequer arrisquei espiar de canto de olho.

Voltei para o mesmo lugar no ônibus, e de repente a moça da rodoviária apareceu e perguntou:
– Posso me sentar ao teu lado?
Surpresa, respondi:
– Claro! Não sabia que estavas no ônibus.
– Eu só apareço no momento oportuno.
Ignorei a observação e perguntei se ela morava no lugarejo e qual o seu trabalho. Ela disse que gostaria de saber da minha vida; sobre ela eu saberia na hora certa. Não sei por quê, mas comecei a falar de mim para uma estranha, e com naturalidade fui narrando momentos da infância na capital. Há muito tempo não falava da morte da minha mãe. Eu tinha 7 anos e minha irmã 11. Ela chegou da escola, largou a mochila na sala, chamou pela mãe e não obteve resposta. Foi à cozinha lanchar, como sempre fazia. Quando entrou, ela gritava alucinada: o que fez com ela? O que fez com ela? Os vizinhos vieram rapidamente; imaginaram ela falando com alguém. Eu brincava no pátio e corri para a cozinha; nunca vou esquecer. Ao entrar, encontrei minha mãe caída no chão e uma caneca quebrada com café espalhado no piso branco. O Labrador com as patas sobre o corpo inerte, e minha irmã aos gritos com o pobre cachorro. Não havia sangue. O silêncio da morte ecoava, abafando os uivos do animal. Desde então, nosso pai passou a beber todos os dias, até se tornar alcoólatra e falecer poucos anos depois. Quando eu tinha 21 anos, minha irmã resolveu mudar de cidade. Pensei se tratar de fuga por desilusão amorosa; afinal, até sair da capital, com 25 anos, ela jamais teve namorado, apesar de ser bonita, inteligente e agradável. Não é incrível? Nesse momento a moça fez uma observação:
– Para mim não é incrível.

– Como assim? O que estás dizendo? O que sabes da minha irmã?

– Em breve vais entender.

– Seja clara, moça. Por favor, não me confunda.

– Na hora certa! – Falou, afastando-se.

Eu fiquei sem entender e com raiva.

Só faltava essa. Uma estranha senta-se ao meu lado, pergunta sobre a minha vida, fala como se soubesse tudo da minha irmã, não me diz seu nome e se retira. Assim, sem mais nem menos.

Resolvi fazer umas palavras cruzadas para não pensar na moça da rodoviária. Adormeci.

A casa dos parentes assassinos

A cordei com o vento gelado entrando pela janela. Tentei fechar, emperrou. Pensei em trocar de poltrona, mas o ônibus estava lotado. Deve ter parado várias vezes para recolher passageiros, sem eu perceber. O rapaz ruivo e sardento do outro lado ofereceu trocar de lugar comigo; afirmou gostar de vento. Agradeci. O assento dele era ao lado de um senhor calvo de bigode branco. Me aproximei, pedi licença, e ele respondeu:

– Por favor, fique à vontade, senhorita.

Tão logo me sentei, ele perguntou:

– É a primeira visita ao nosso vale? Terei prazer em acompanhá-la nos pontos turísticos.

Agradeci, dizendo que minha irmã seria uma ótima guia. Ele insistiu em contar sobre a casa dos parentes assassinos; afinal, tínhamos tempo até a chegada.

– Casa dos parentes assassinos? – Perguntei.

– Exatamente! O dono do imóvel não conseguia alugar. Moradores daquela casa matam mães, irmãs, maridos. Então ele transformou o imóvel em ponto turístico. Para visitar a casa cobram ingresso inteiro com direito a explicações e a metade do valor só para olhar. Quando tem gente nova na cidade os amigos levam o visitante para conhecer a casa, e eles mesmos contam a história. Eu faço questão de te contar. Primeiro morou o polonês. Todos achavam que ele morava sozinho. Dois anos depois, ele sofreu um acidente de carro e morreu a caminho do hospital. A polícia precisou entrar na casa para pegar os documentos do dito polonês. Os policiais encontraram desenhos macabros nas paredes e frases satânicas. Abriram gavetas e armários procurando documentos e algum telefone de contato. Quando abriram a porta do roupeiro, o susto foi grande, pois lá estava a velha estorricada; já nem fedia mais. Pela necropsia deduziram ser a mãe do polonês e ter morrido com golpes de faca. Ele se mudou para o vale e logo matou a mãe. Acabaram sendo enterrados juntos, mãe e filho, lado a lado. E jamais saberemos por que o polonês a matou. Muitos acreditam ter sido simplesmente porque moravam na casa com poderes malignos.

– História macabra e triste. – Falei. Ele continuou:

– Depois veio o português. Tinha 61 anos de idade. Um senhor respeitado por todos. Saía pela manhã, fazia compras e retirava livros na pequena biblioteca pública. Há quem diga ter lido todos os livros disponíveis. Conversava o necessário, e não saía o resto do dia. Dizia ter a mãe doente, algo raro e contagioso, ele só não contraía porque era filho, tinha imunidade. Assim manteve as pessoas afastadas da casa e todos penalizados: pobre homem, a vida dedicada a cuidar da mãe. Ele aproveitava a empatia dos vizinhos e pegava empréstimos em dinheiro, alegando precisar para remédios da idosa, inclusive fazia questão de assinar promissórias, garantindo o pagamento. Depois de quase dois anos morando no vale, sem quitar as dívidas, os credores contrataram um cobrador para reaver os valores devidos pelo português. O homem tinha a promessa de porcentagem sobre o valor recebido e não desistiria enquanto não conseguisse obter o pagamento. Ele bateu na porta pela manhã, ninguém atendeu.

Ficou espreitando e viu o português entrar. Aguardou uns minutos, bateu na porta novamente e uma voz de mulher respondeu mandando fosse embora, estava sozinha e não poderia atendê-lo. O cobrador entendeu a manobra do português colocando a pobre mãe, velha e doente, a mentir. Conseguiu junto ao delegado um mandado obrigando a idosa a abrir a porta e assim eles pegariam o tipo no flagra. Acharam apenas o português na casa e não entenderam como a velha teria sumido de repente. Levaram o homem preso para esclarecimento, e a polícia foi autorizada a fazer uma busca na casa. O delegado desconfiou que o português talvez nem fosse português, queria ver passaporte, e tudo o mais. Os policiais nunca explicaram por que mexeram no *freezer*, mas, graças a essa atitude, encontraram o corpo esquartejado. A velha tinha 94 anos; ele escondeu a morte da mãe para não perder a pensão mensal da velhinha.

– Que horror! – Falei.

Ele, sem se importar comigo, continuou:

– E depois de um ano sem moradores, uma mulher de 37 anos, vinda de uma cidade vizinha, alugou a casa. Ela trabalhava como secretária num escritório de advocacia. Um dia convidou um colega de trabalho para jantar. Depois de comerem, ela pediu licença, indo ao banheiro. O convidado, tentando impressionar, resolveu limpar os pratos e colocar na pia. A comida restante ele colocou em potes para congelar. Quando levantou a porta do *freezer*, paralisou. Ele enxergou um ser humano congelado. Apavorado, foi direto na polícia. Não conseguia responder se era homem ou mulher, jovem ou velho; dizia apenas ser uma pessoa, e não um animal congelado; disso ele tinha certeza. Quando os policiais chegaram, a mulher estava carregando o corpo para os fundos da casa. Diante do flagrante, ela confessou ter matado a mãe depois de uma discussão. Tentou convencer que apenas a empurrou, e ela bateu a cabeça no chão. Mas o resultado do exame realizado pelo Instituto Médico-Legal identificou ferimentos produzidos por um objeto cortante e pontiagudo. As pessoas céticas diziam ter sido coincidência morarem na mesma casa. Dois mataram porque eram assassinos, matariam em qualquer lugar. O outro escondeu a morte por necessidade, nada a ver com o local. Já os moradores antigos do vale tinham certeza dos poderes mortais da casa contra as mães.

– Que bobagem! Casa com poderes mortais...

– Pois é, quando os moradores haviam parado de falar sobre os homicídios, uma senhora recém-chegada da capital manifestou interesse pelo imóvel. Alegou não ter mãe e entender de magia. Se a casa fosse macabra, ela saberia como proceder. Meses depois, a irmã veio passar uns dias com ela. Na madrugada do dia 7 de julho, os vizinhos ouviram gritos de dor misturados com euforia cada vez mais fortes. A polícia chegou tarde e a senhora, num ritual de magia negra, matou a irmã a facadas. Na cadeia confessou o feitiço ter sido para conseguir um emprego. Então a propriedade passou de casa dos filhos assassinos a casa dos parentes assassinos.

– O senhor não me leve a mal, mas estou cansada de tantas mortes, ou melhor, assassinatos. – Falei quase desmaiando de tanto pensar em sangue.

– E o pior, tem mais – disse ele, decidido a continuar, e continuou:

– Depois dos quatro mortos, a inquilina foi uma senhora de idade avançada. A pessoa idosa sempre passa a impressão de ser honesta e pacata. Ninguém questionou com quem morava. Se a maldição de assassinos fosse verdade, ela não teria condições de ameaçar alguém. A casa finalmente teria paz. E teve. Até o dia de um visitante sentir o odor vindo do terraço. Ele estranhou a reação da senhora quando ele manifestou vontade de ir até o local ver se havia um bicho morto. Ele disfarçou e foi procurar a polícia. O mais incrível, além de uma morta encontrada no terraço embaixo de um colchão, havia outra num quarto. Não sabiam se elas morreram de forma natural ou se foram envenenadas; não havia marcas. Ambas eram irmãs da inquilina, e essa viveu meses com as defuntas. Devido à idade, a senhora foi encaminhada para um manicômio estadual na cidade vizinha.

– O senhor acha possível eu acreditar em todos esses assassinatos?

– Eu também duvidei no início, mas aos poucos fui acreditando, depois de conversar com várias pessoas envolvidas. Todos afirmam que foram três mães, três irmãs e um marido, sendo este o mais macabro porque o filho era cúmplice. Foram 7 no total, e só então o dono da casa, após meses sem alugar, resolveu transformar em ponto turístico.

– Por favor, senhor, é tudo tão absurdo! Devo pedir para o senhor encerrar.

– Agora? Falta o último. Não posso deixar a história pela metade. A tal mulher alugou a casa para morar com o filho. Os vizinhos ficaram agitados. Alguns até fizeram apostas: o menino mataria a mulher, e assim seria mais um filho assassino na casa; outros apostaram que a mulher mataria o menino; a casa era tão macabra que a mãe mataria o próprio filho. Porém, ninguém imaginava haver um pai morto na história e o filho remover os vermes do corpo em putrefação.

– Que nojo, senhor! Por favor, pare com essa história. – Falei irritada.

– Já estou terminando; só falta concluir. Eles foram internados num hospital psiquiátrico. Depois de todas essas mortes estranhas, a senhorita acredita na maldição?

Quando fui responder, ele havia saído; deve ter lido meus pensamentos: estava disposta a destratar, pois me irritava tanta baboseira.

Por sorte minha janela estava fechada; a estrada de chão batido levantava poeira, pouco se enxergava das plantações, vi centenas de árvores baixas muito empoeiradas. Aquelas plantas clamavam por chuva. Eu pensava na beleza de ver a água em cascata sobre as folhas, a terra escorrendo, dando lugar ao verde.

A chegada

De repente o ônibus parou. Os passageiros falavam ao mesmo tempo, abriam as janelas, colocavam a cara para fora. O que estaria acontecendo? Era a pergunta de todos. Então uma menina lá da frente gritou:

– São cachorros! Eles estão na frente do ônibus, cachorros pretos de olhos arregalados.

O motorista buzinou. Insistiu na buzina. As pessoas continuavam falando, uns de pé, outros sentados, gritos, cochichos, enquanto a menina continuava narrando:

– Eles desistiram... estão saindo.

O olhar dela foi para a lateral do ônibus, para o lado onde estava minha janela. Vi surgir do meio da poeira um cachorro preto; ele caminhava lentamente na minha direção. Me olhou, tenho certeza, depois tomou o rumo da mata. Outro surgiu e foi atrás dele, um terceiro, um quarto, um quinto, um sexto, o último também me encarou, parado me olhou como se quisesse dizer algo. Estremeci. O motorista deu o arranque, andou muito devagar, quase parando, iniciou a descida. Olhei o relógio: quase 17 horas; já deveríamos ter chegado. O sol ainda brilhava.

Pela primeira vez me lembrei do meu marido. À noite ligaria para ele. Falando em noite, como escureceu de repente! Meu relógio deve ter parado. Não quis confirmar a hora com algum passageiro, pois daria liberdade para conversas, e já havia sido o suficiente por um dia.

De súbito surgiu uma bruma encobrindo tudo. Cada vez mais espessa, entrava pelas janelas fechadas. O ônibus parou; já não era possível ver o motorista, nem a pessoa mais próxima. As vozes silenciaram; parecia estar sozinha e coberta por névoa. Permaneci imóvel. Não entendia onde estavam todos. De repente um movimento, passos se aproximavam, e do meio da bruma surge minha irmã dizendo:

– Nem acredito! Finalmente veio me visitar!

Nos abraçamos, fechei os olhos, aconchegada a ela, e quando abri, a névoa havia se dissipado e ainda era dia claro. Algumas pessoas permaneciam sentadas, mas a maioria estava do lado de fora pegando suas malas, enquanto minha irmã falava sem parar:

– Fizeste boa viagem? Estás com fome? Conseguiste dormir um pouco? Teu almoço foi uma *a la minuta*? E os passageiros te deixaram descansar? Adoram contar as histórias daqui. Vamos pegar as malas. Quanto tempo pretendes ficar? Bastante, eu espero. Vou te mostrar a cidade; é pequena, mas é linda.

– Calma, uma coisa de cada vez! Estás me tonteando. – Falei para ela, sorrindo.

– Desculpa. Estou tão feliz! Venha! Vamos pegar um táxi para não carregar peso.

– Tem táxi neste lugar tão pequeno?

– É pequeno, mas foi emancipado. Agora é município. No total a cidade tem 7 táxis. Os dois vermelhos carregam passageiros da rodoviária e para a rodoviária, os dois brancos transportam do hospital e para o hospital, os verdes circulam por todos os pontos, e o preto é o carro oficial do município; fica estacionado na frente da prefeitura.

– Prefeitura? Este lugar tem prefeitura?

– Claro! Por que não teria?

– Estás certa. Sempre há políticos e assessores para tirar o dinheiro do povo.

– É verdade. Até o taxista da prefeitura ganha fixo, levando passageiro ou não, e os outros coitados precisam ter sorte, às vezes não pegam passageiro algum.

Ela não parou de falar. Eu queria prestar atenção nos detalhes, nas pessoas, mas era impossível.

O trajeto de táxi foi curto.

As tentativas de imaginar a casa, conforme uma foto recebida, não se aproximaram da realidade. As janelas azuis se destacavam na parede branca. Ao redor das janelas, molduras amarelas, telhas coloniais manchadas, algumas com limo, dando sensação de abandono, a porta de madeira ripada. A varanda, muito aconchegante, com balaústres brancos, o piso de ladrilho colorido. Sobre o banco de madeira, uma manta listrada e três almofadas. Não resisti. Sentei-me colocando duas almofadas nas costas. Observei as folhagens: lírios-da-paz, espada-de-são-jorge, flores roxas, muitos pés de alecrim. Então eu comentei que o alecrim, além de ser excelente tempero, espanta moscas, mosquitos e outros insetos. Nesse momento, minha irmã trouxe uma folha de papel e leu para mim a lenda do alecrim:

> Quando a sagrada família fugiu para o Egito com Maria levando em seus braços o Menino Jesus, as flores do caminho iam se abrindo à medida que eles passavam por elas. O lilás ergueu seus galhos emplumados e o lírio abriu seu cálice. O alecrim, sem pétalas nem beleza, entristeceu-se, lamentando não poder agradar o Menino.
>
> Cansada, Maria parou à beira do rio e, enquanto a criança dormia, lavou suas roupinhas. Em seguida, olhou ao seu redor, procurando um lugar para estendê-las. E pensou: o lírio não aguentará o peso, e o lilás é alto demais.

Colocou as roupinhas sobre o alecrim, e ele suspirou de alegria, agradeceu a oportunidade e as sustentou ao sol.

– Obrigada, gentil alecrim. – Disse Maria. – Daqui por diante ostentarás flores azuis para recordarem o manto azul que estou usando. E todos os galhos que sustentaram as roupas do pequeno Jesus serão aromáticos. Eu abençoo folha, caule e flor, e a partir desse instante terão aroma de santidade e emanarão alegria.

Adorei a lenda do alecrim. Agradeci por ela ter lido e continuei observando o jardim.

Sob a árvore uma bacia verde cheia de água, onde um pardal se banhava. O vira-latas se aproximou abanando o rabo mais para o lado direito. Já era um começo... ele me aceitou. Quando os cachorros sentem positividade sobre algo, abanam o rabo mais para o lado direito. Lembrei-me do dia em que ele apareceu. Minha irmã me ligou excitada contando. O cachorro raspou a pata na porta até ela abrir. Preso à coleira havia um bilhete dizendo: "Por favor, fique com ele". Enquanto ela acariciava o animal, foi falando:

– Não estava nos meus planos ter um cachorro; ia me desfazer no dia seguinte, mas ele se grudou em mim de tal forma, não comeu, parecia dizer: "Não estou aqui por interesse", e abanava o rabo. Deitou-se aos meus pés junto à televisão e ali ficou. No outro dia, enquanto tomava café, ele me olhava fundo, e novamente nada quis. Sou mística. Bastou para eu ter certeza. Ele foi mandado para mim.

Entramos. Havia um bolo sobre a mesa, canecas coloridas e um bule de louça azul pintado com flores brancas e vermelhas. Enquanto minha irmã passava o café, eu olhava a decoração. Sobre a televisão um porta-retrato com uma foto de nós duas sorrindo. Um sofá de couro marrom com os braços de madeira e poltronas completando o conjunto.

Quadros de paisagens nas paredes e guardanapos de crochê espalhados pela casa, obras da minha irmã para passar o tempo, pois, segundo ela, o tempo não passa nesse lugar.

Brindamos com as canecas, e ela falou:

– Saúde! E que permaneçamos juntas e nos amando sempre. Amém!

Aproveitei para perguntar o que a afligia. Ela respondeu:

– O assunto é irracional. Hoje não quero falar. Me conta tua vida, atividades, como está o marido, as amigas, os parentes.

Passamos o restante da noite conversando. Na verdade, relembramos a infância, nossos pais vivos e saudáveis, os primos, os vizinhos, as brincadeiras. Nossa rua era um declive e a gurizada descia a mil nos carrinhos de rolimã; precisava coragem para encarar aquela descida. Nossa vizinha ficava furiosa porque na falta de freio parávamos o carrinho contra o muro da casa dela. Joelhos e cotovelos esfolados eram sinal de saúde. Quando chovia, todos corriam e colocavam pedras e areia encostadas no meio-fio, e assim a água parava, até a força da correnteza romper a *barragem* e descer dobrada de tamanho. Falamos sobre os vizinhos, o alemão da cabeça comprida, o gaudério – esse quando ia às festas usava umas bombachas bem largas e se orgulhava de terem sido feitas com metros de pano –, os dois irmãos com nomes de índio, a menina de olhos azuis e dentes separados, os primos e as primas do outro lado da rua. Consegui sentir cheiro de goiaba madura, bolo de milho, pessegada de tacho. Também nos lembramos do galinheiro no fundo do pátio e nos arrepiamos ao falar das galinhas mortas, pescoço pendurado, fedor de pena queimada. Perdemos a hora, e fui me deitar exausta.

A casa das sequestradas

No dia seguinte encontrei a mesa posta. Minha irmã já havia saído. Tomei o café preto bem quente, comi pão com manteiga e saí para conhecer a cidade.

Andei um pouco, encontrei um recanto, um espaço redondo com uma fonte já sem água, cercada de casas antigas, com ares de abandono. Coqueiros esguios com muitos anéis em seu tronco, denunciando os anos. O silêncio era quase absoluto, e o vento calmo e morno me envolvia enquanto contemplava cada detalhe. Da outra calçada um rapaz ruivo e sardento me olhava. Caminhei lentamente em direção a uma das casas. Toquei na grade, e senti a ferrugem nos dedos e no cheiro exalado. O rapaz parou ao meu lado, e eu o reconheci; era o mesmo que me cedeu o lugar no ônibus. Ele disse:

– Nessa casa, três vezes, meninas foram mantidas presas. Uma durante 7 anos, outra durante dois anos, 7 meses e 7 dias, e outras três meninas apenas um ano, 7 meses e 7 dias.

– Como alguém pode ficar presa durante tanto tempo? – Perguntei.

– De fato não é comum, mas foi explicado. No primeiro caso a mãe estava com o emocional abalado. As três meninas eram tratadas como animais. A mulher, uma advogada, ficava trancada com as filhas de quatro, cinco e oito anos quando se mudaram para a casa. Ela retirou os interruptores, impedindo o acender das luzes, e manteve as cortinas cerradas. As meninas foram impedidas de ir ao colégio, e a mãe garantia a educação escolar em casa. Quando alguém pedia para vê-las, a mãe afirmava estarem na casa da avó. Por fora a residência era impecável, mas por dentro as meninas viviam no meio da sujeira. Elas só tiveram contato com a mãe nesse tempo todo. Era comum brincarem com os ratos por toda a casa.

– Quanta bobagem! Como acreditas nisso? Onde estava o pai das crianças, e a avó, como permitiam? Como sobreviviam? Quem pagava a comida, água, roupas?

– A polícia retirou as crianças da casa depois de repetidas reclamações dos vizinhos, desconfiados, e então ficaram sabendo: a tal avó não existia. O pai morreu deixando dinheiro do seguro, com o qual elas viviam. A mulher ficou perturbada com a morte do marido e se mudou para cá, onde era desconhecida. Alugou essa casa e aí permaneceram um ano, 7 meses e 7 dias isoladas do mundo. A mulher saía uma vez por mês para comprar comida, produtos básicos de higiene, como papel higiênico e sabonete para banhos semanais, segundo concluíram pelas condições das meninas ao serem encontradas.

– Esperas que eu acredite?

– Moça, se não quiseres acreditar não acredites, mas é a pura verdade. E tão logo desocuparam a casa, outra menina foi mantida refém; o homem a raptou quando tinha 7 anos e a libertou, ou melhor, ela fugiu 7 anos depois levando com ela a gata parda às 7 horas da manhã, do dia 7, do mês 7, enquanto o homem ainda dormia. Na noite anterior ela contou histórias e, sem ele perceber, serviu 7 copos de vinho. Veja! 7 vezes o número 7. Quando o número 7 aparece 7 vezes na história da mesma pessoa, significa algo mágico rondando. A moça não sabia? Quem nesta cidade não conhece a menina do 7?

– Eu não sou daqui e não sabia dessa história; e não acredito.

– Pois deveria. Não é bom passar aqui na frente às 7 horas da manhã nem às 7 horas da noite; coisas ruins podem acontecer.

– Santo Deus! Como podem acreditar nessa loucura. Além do mais, eu contei, e o número 7 aparece seis vezes. Pura coincidência. – Falei com segurança, e ele, inconformado, disse:

– Não pode, 7 anos de idade, mais 7 anos refém, dia 7, mês 7, 7 horas da manhã e 7 cálices de vinho.

– Viste? – Eu falei triunfante.

– É verdade. Estou esquecendo algo. 7 anos, 7...

– Não, por favor, tudo de novo não! Chega! Eu não passarei aqui às 7 da manhã, nem da noite, nem outra hora, está bem? Até logo. E fui me afastando rápido.

– As tranças, as tranças! – Ele gritou. – Moça, moça, as tranças, ela tinha 7 tranças.

Eu voltei e resolvi ouvi-lo. Afinal, precisava gastar tempo até encontrar minha irmã. Sugeri que contasse toda a história. Então ele continuou:

– A mãe da menina casou-se com um fazendeiro rico e mulherengo e não poderia competir com a filha sob o mesmo teto. Mais alguns anos e ele notaria a jovem. A menina era linda; o cabelo, longo e volumoso, terminava em ondas, os olhos azuis ofuscavam quem a fitasse e a pele sempre bronzeada. A mãe não teve coragem de mandar matá-la, então arquitetou o sequestro. Alugou a casa bem longe e mandava dinheiro para o raptor, com o qual ele comprava o rancho mensal, bebida alcoólica e cigarro. A mulher fez toda a cena de mãe desesperada. A ideia era perfeita, pois ninguém desconfiaria da mãe, e essa jamais imaginou a fuga da filha, até porque a menina foi mantida presa muito distante de onde foi supostamente sequestrada, a mais de mil quilômetros de distância.

– Como acharam a mãe, como souberam detalhes?

– A menina do 7 fugiu e pediu ajuda numa casa. Ela era retardada para a idade, tinha o vocabulário de uma criança, e pouco ajudou. Só sabia o nome da mãe, nem se lembrava mais da família. Repórteres vindos da capital fotografaram a menina e divulgaram nas TVs de todo o país. Parentes vieram buscá-la e desconfiaram da mãe, que nem se manifestou e alegou não ter visto na TV.

– Fiquei curiosa para saber mais dessa menina: ela voltou a morar com a mãe? Conseguiu se ajustar na vida rotineira novamente?

Ele seguiu contando:

– A menina mantinha 7 longas tranças; ela as fazia e desfazia para passar o tempo. À noite saía no pátio, onde tinha vaga-lumes, gambás e corujas como amigos, enquanto durante o dia, presa em casa, a gata parda era sua única distração. No dia em que a menina do 7 foi acolhida pela família, a gata começou a passar mal, e às 7 horas da noite morreu. Todos confirmam a história da menina do 7.

E ele, olhando no relógio, concluiu:

– Moça, a conversa está boa, mas preciso ir. Foi bom falar contigo. Até breve.

Ele partiu, deixando-me curiosa sobre a moça que ficara ali por dois anos, 7 meses e 7 dias. Na verdade, nem deveria ter acreditado nas outras.

Decidi entrar no pátio, onde encontrei uma jovem colhendo flores. Eu me identifiquei e puxei assunto sobre os sequestros, demonstrando minha desconfiança. A jovem, enquanto cortava as flores coloridas, me confessou acreditar em tudo, mas a avó a proíbe de falar, pois de tanto passarem adiante, enfeitarem, acabam distorcendo as histórias deste lugar. Sua avó considera os filhos assassinos, pessoas sequestradas ou queimadas vivas, coincidências do número 7, casos sérios demais para serem citados toda hora. E a jovem continuou:

– Vou te contar nossa história: eu e minha avó mudamos para este vale devido a uma desgraça. Meu pai sonhava levar minha mãe para voar, sobrevoando a cidade num daqueles aviões pequenos. Minha avó afirmava ser um perigo. Eu pedi para ir junto, mas como o passeio era caro, meu pai prometeu me levar numa próxima vez. Vovó e eu fomos à missa e depois na praça comer sorvete. Quando voltamos, vizinhos apavorados falavam todos ao mesmo tempo, dizendo que nossa casa estava em chamas e os bombeiros jogando muita água, e de longe dava para ver a asa de um avião e a cauda. Ninguém jamais entendeu como o avião com meus pais caiu exatamente no nosso telhado. Minha avó afirma não ter sido coincidência, meu pai quis se exibir para nós, insistiu, e o piloto olhou muito para baixo perdendo o controle. Mas um dia eu a escutei falando sozinha; ela disse: "Eu sei. Era o chamado; deveria vir para este lugar".

Nesse momento ouvimos a voz da avó dizendo:
– Menina, já estás de mexerico?
– É uma senhora nova na cidade, vovó.
– Eu a conheço, disse aproximando-se.

Quando ela apareceu de vestido preto, sisuda, cabelo grisalho, me lembrei do sorriso no vidro do ônibus e corri. Só parei na praça quando achei um banco para descansar.

Respirei fundo, e senti vergonha pela minha fuga; afinal, uma velha senhora não poderia me fazer mal, murmurei.

– Não poderia mesmo, disse a voz atrás de mim, e, ao me virar, deparei com a moça da rodoviária.

– Estás sempre lendo o pensamento das pessoas? – Perguntei, olhando firme para ela.

– Das pessoas envolvidas apenas. Mas não tenho a capacidade de ler pensamentos; no teu caso, costumas falar sozinha.

– Envolvidas em quê? Quem são vocês? Qual o teu nome?

– Outra hora. – Disse, afastando-se.

Resolvi esperar a minha irmã em casa; não suportaria mais encontros. Naquela noite não consegui arrancar dela o tal segredo. Conversamos banalidades, jantamos, assistimos a um pouco de televisão e quando íamos dormir eu perguntei, tentando parecer mais uma banalidade, sobre a outra moça sequestrada.

Minha irmã então contou. A moça foi sequestrada por um homem quando tinha 17 anos. A mãe faleceu de enfarte, sempre procurando a filha. A polícia e familiares fizeram buscas incessantes contando com ajuda de colegas e vizinhos. E, pasme, um morador duas quadras adiante era o sequestrador. A jovem podia ver seus familiares e amigos passando e ela, presa no porão, nada podia fazer, pois ele a ameaçava com uma arma e dizia: se ela pedisse socorro, ele a mataria antes de o socorro chegar. Quando ele saía, deixava tudo fechado, ela amarrada e amordaçada. Depois de poucos meses, presa na casa, ela engravidou. Como a moça teve as dores do parto na madrugada, ele a levou na casa de uma parteira e pagou para a manterem até a madrugada seguinte, ameaçando matar o nenê e os familiares da moça caso essa o denunciasse. Enquanto ela estava fora, ele lacrou a abertura do porão, pela qual ela podia enxergar a rua. Queria ter certeza de os choros do recém-nascido não serem ouvidos. Por uns meses ele não a importunou. Dizia ter nojo do cheiro de leite. E jamais se interessou pela filha. Quando a menina tinha uns 10 meses, a moça percebeu estar grávida novamente, e dessa vez o segundo bebê nasceu sem amparo de ninguém. A moça implorava ajuda, e ele dizia não poder sair de dia com ela; seria arriscado. Providenciou toalhas limpas, uma tesoura esterilizada no fogo, deixou tudo no porão e subiu, fechando a porta e abafando os gritos de dor. Gritos esses percebidos pelo vizinho, mas, como ele ouviu apenas por segundos, o tempo de o sequestrador passar pela porta e fechá-la; ele não teve certeza, resolveu seguir vigiando. Um dia o sequestrador, ao descer para levar mamadeira e por estar com as mãos ocupadas, deixou a porta aberta. O vizinho ouviu claramente o choro de recém-nascido. Como o homem morava sozinho, ficou cuidando se alguém sairia da casa com um bebê. Ninguém saiu. Se o bebê ficou lá, como nunca mais chorou? Algo muito estranho estava acontecendo. O vizinho procurou a polícia e relatou. Jamais poderia imaginar a vítima ser a jovem desaparecida há quase três anos. O vizinho virou herói do bairro. E nunca se perdoou por não ter percebido antes, pois poderia ter salvado a vida da mãe da moça, que certamente morreu de tristeza pelo desaparecimento da filha.

Terminada a história, minha irmã enfatizou que foram 7 mulheres mantidas reféns.

A casa dos queimados

Dias depois, ao sair do mercado, deparei com o senhor calvo de bigode branco.

– Estás gostando da cidade? Já te mostraram os pontos turísticos? Na realidade daria para ver todos num só dia, mas tuas energias acabam, dizem alguns moradores. Outros acreditam ser um golpe turístico; assim os curiosos ficam dias, olhando pouco a pouco.

Enquanto falava pouco a pouco, lentamente, seus olhos brilharam. Um arrepio percorreu meu corpo. Assustada, eu disse:

– Vou indo. Foi um prazer revê-lo.

– Calma! Não te farei mal. Quero te mostrar a casa dos queimados, é logo ali, dobrando a esquina.

Caminhei em silêncio até terminar a quadra.

A casa dos queimados estava inteira; não havia estragos, sequer chamuscados. Só me restou perguntar:

– Por que a casa dos queimados? Não há indícios.

– Vou contar: alguns anos atrás morava uma família igual a tantas desta cidade. Um dia a dona da casa matou uma galinha, arrancou as penas e colocou fogo na infeliz. O cheiro característico de toco de penas queimadas se espalhou pela cidade, aumentando, aumentando, até se tornar insuportável. A mulher segurava a galinha e não sentia cheiro algum, acreditando não estar a queimar o suficiente, e colocou mais fogo. A galinha, em chamas, atirou a mulher contra esse muro, matando-a na hora.

E apontou para um muro de pedra-ferro. Ali havia, como se esculpido, um corpo magro de braços semiabertos; parecia estar de saia, pois as pernas se separavam do joelho para baixo; ao redor da cabeça, percebi irregularidades, que deviam ser os cabelos; uma das mãos mostrava os cinco dedos e a outra, apenas dois; os outros deviam estar dobrados. Enquanto eu olhava o muro, ele continuava:

– A galinha corria pelo pátio sem penas e gritava. O velório foi concorrido; quem não veio por compaixão veio por curiosidade. No outro dia a família se mudou.

Então eu disse:

– Desculpe, mas devo ir.

Em casa perguntei à minha irmã qual assunto importante tinha para me contar. Ela sugeriu primeiro eu contar como foi meu dia. Não sabia se falava, se mentia; gastei de novo os adjetivos, elogiando as belezas do lugar. Ela perguntou:

– Te mostraram algum ponto turístico hoje? O que falaram?

– No ônibus um senhor calvo de bigode branco me falou da casa dos parentes assassinos, e esse mesmo senhor hoje começou a contar da casa dos queimados. Eu parei na história da galinha assassina, mas diante de tanto absurdo voltei para casa.

– Quem dera fosse absurdo, mas tudo é verdade; muitas coisas aconteceram antes de eu vir para cá. Algumas, as mais recentes, eu presenciei...

Nessa hora minha irmã parou, olhou fixo para a parede em frente. Precisei elevar o tom de voz e cutucá-la para ela voltar à realidade. Ela se sentou na poltrona e tranquilamente falou:

– Na casa dos queimados, por exemplo, a galinha foi queimada; até aí tudo bem, milhões de galinhas são queimadas todos os dias, mas não exalam um cheiro insuportável, nem atiram quem as queima com tanta força contra o muro.

Nesse momento, minha irmã parou de narrar e me olhou buscando aprovação. Diante da minha indiferença, ela continuou:

– Depois dessa família veio morar ali um casal e um filho. O menino tinha nove anos quando a desgraça aconteceu. Todos os dias seus pais brigavam porque o pai, cego, queria tomar cachaça e a mãe não deixava. Ele comprava garrafas de aguardente no armazém da esquina, colocava sobre a mesa, servia num copinho de aperitivo, tomava num gole só e quando ia servir o segundo ela já tinha levado a garrafa. Todos os dias ele comprava e todos os dias ela trancava no armário com cadeado, argumentando estar ajudando-o a largar o vício. Ele alegava ser um inútil, mas merecia ao menos um pouco de prazer; futebol não podia jogar nem sequer assistir; sexo não havia tido há muito tempo; só restava a cachaça. A mulher o mandava tomar no bar, não queria que o filho visse o pai bêbado, mas ele dizia ser humilhação pedir para alguém servi-lo ou ficar tateando a garrafa sobre a mesa. Em casa sabia o tamanho do copo, a quantidade exata de líquido e não havia outros para sentirem pena dele. Comprar no armazém era fácil; conhecia cada centímetro daquela calçada, pegava a cachaça e no final do mês pagava. Um dia o menino perguntou por que ele insistia em comprar se a mãe guardava todas as garrafas trancadas. Ele respondeu: "O armário vai lotar e ela deixará alguma por aí". A malvada comprou outro cadeado e guardou as cachaças no armário das roupas. Não cedia e não se desfazia. Aí está o mistério, a única explicação para ela manter as garrafas cheias, como se fosse para acontecer a desgraça.

– E qual foi a desgraça?

– Um dia a mulher saiu para fazer compras e levou o filho. Quando voltaram, encontraram o armário quebrado, um machado no chão, alguns pedaços de vidro espalhados, o ambiente fedendo a álcool. Chamaram por ele. Respondeu: "Aqui no pátio". O homem cego estava todo molhado, bêbado no meio de várias garrafas de cachaça vazias e com uma caixa de fósforos na mão gritou: "Se não posso ter o meu único prazer, prefiro morrer". E riscou um fósforo. O menino ficou paralisado, enquanto a mulher gritou por socorro, e foi encher um balde com água e jogou sobre ele, mas já era tarde, pois o homem era um carvão com um sorriso branco, largo, de satisfação.

– Por favor, chega dessas loucuras. – Falei indignada.

– Se permaneceres aqui, verás coisas inacreditáveis.

– Que podem ser vistas de outra forma. A galinha podia estar viva, agonizando, corcoveou e a mulher no susto se jogou para trás e bateu a cabeça no muro.

– E deixou aquela marca na pedra?

– Nem sabemos se aquela marca é um corpo de mulher; pode ter sido feito para causar esse estranhamento nas pessoas. O senhor cego é compreensível; não achava sentido na vida, e o fogo foi consequência; a cachaça o matou literalmente. Nada de extraordinário.

– Mas a história dos queimados não termina aí. Foram 7 no total. Depois de a mulher e o filho terem partido, a casa foi alugada por um casal em lua de mel; vieram da igreja direto para o novo lar. Os dois viviam muito bem; ela era muito caprichosa, como dizem por aqui, sempre bonita, a casa arrumada, comida feita com amor, a imagem do casal feliz. Ela trocava receitas com as vizinhas e comentava o quanto ele apreciava os seus quitutes. Uma noite, ela o esperou com 7 velas acesas, duas sobre a mesa, três no aparador e duas no balcão da cozinha. Adiantou para as vizinhas como seria a noite romântica. Colocaria música lenta, dançariam nus e o movimento dos corpos se misturaria com o movimento das sombras e do fogo. Banhou-se de perfume e espalhou pétalas de rosas pela casa. As vizinhas viram quando ele chegou e estavam em alvoroço; esperavam enxergar a dança pelas frestas da janela. Faziam apostas: já estão dançando, ainda estão jantando, nem vão jantar, depois da calorosa recepção, eles vão direto para cama.

– E a privacidade do casal? Mas, a mulher pediu, provocou as vizinhas com tantos pormenores.

– Então, enquanto as fofoqueiras deduziam, ouviram um grito lancinante cortando a noite, sentiram um calafrio e, incrédulas, viram a tocha humana correndo porta afora; o homem se jogou ao chão e rolava tentando se livrar das chamas. Uma das vizinhas, enfermeira, acostumada com desgraças, gritou para trazerem baldes de água. Pegou um cobertor e se jogou sobre o homem. As outras jogavam água sobre os dois. O homem ficou todo queimado, numa aparência horrível. Não morreu, mas foi embora para sempre. A esposa está presa na capital. O delegado achou que ela era culpada; pressionaram, e ela acabou confessando.

– Ela confessou que ateou fogo no marido?

– Sim, em detalhes. E agora te conto eu: o marido chegou em casa e elogiou o cheiro bom, a mesa, a esposa. Ela tirou o casaco dele e o mandou sentar-se, serviu o vinho e trouxe o prato com a lasanha borbulhando. Ele comeu três vezes, gemia de prazer, fechava os olhos e sentia o gosto da carne apimentada na boca. Antes de colocar música para dançarem, ela queria saber se ele já tinha comido lasanha melhor. Ele pensou, pensou e disse: "Essa pergunta me fez lembrar uma namorada, a italianinha; a mãe dela fazia uma lasanha!!! Comprava a carne inteira, colocava junto no moedor folhas de manjericão. O molho era com *tomati pelati*, assim a sogra falava". Enquanto ele relembrava a história da tal namorada, os olhos brilhavam. Quando ele suspirou com nostalgia, ela não aguentou, foi na cozinha, pegou uma garrafa de álcool, mandou fechar os olhos, dizendo que tinha uma surpresa. Vacilou! Pediu para ele repetir o apelido da outra; dizia que o ciúme a excitava. Ele caiu no jogo e falou com voz sensual: *italianinha, italianinha*. Ela jogou álcool nele e uma vela acesa.

– Está bem, minha irmã, por hoje chega de terror. Foram 7 queimados, certo? Não quero saber quem foram os outros e muito menos como morreram. Vamos falar de ti, qual é o teu problema?

– Ainda não. Só quando acreditares nas histórias, acreditarás em mim.

– Bem, então me conta alguma coisa presenciada por ti. Assim terei teu testemunho.

– Contarei com prazer, mas vamos deixar para amanhã. Agora sugiro irmos dormir.

A cabeça na praça

Conforme combinado, no dia seguinte, depois do jantar, minha irmã começou a contar sobre algo presenciado por ela:

– Um dia, caminhando para o trabalho, quando cruzava a praça, olhei para o chão, estremeci, tentei me agarrar a qualquer coisa, ia desmaiar. Um senhor entendeu e me apoiou perguntando se eu estava bem. Aí perguntei se ele estava vendo o mesmo que eu, uma cabeça sem corpo no meio da praça. Ele calmamente respondeu: "Fica tranquila. Todos os dias 7 dos meses ímpares ela aparece e desaparece. É normal se assustar pela primeira vez. Eu, mesmo alertado, levei um enorme susto. Achei muito feia; fiquei chocado".

Depois de ajudar a me acalmar, o bom homem falou: "Vejo que já estás melhor, moça. Seguirei meu caminho. Até logo".

Naquele dia fui trabalhar assustada. Como era esperado, 7 de março, 7 de maio, 7 de julho, eu estava na praça para ver a cabeça sem corpo, e assim fui percebendo a cada aparição um detalhe ignorado na vez anterior.

– Não brinca! Isso é tétrico, horripilante, sei lá... Não tenho nem palavras para definir algo tão macabro, tão assustador e ao mesmo tempo ridículo. Uma piada de mau gosto.

– Concordo. É tudo isso mesmo, mas é verdade. Juro pela nossa mãe que eu vejo a cabeça a cada dois meses, sempre no mesmo lugar. Ninguém faz nada para tirá-la da praça. A maldição para quem tocar nela é terrível, dores insuportáveis, no sentido da palavra *insuportável*, até a morte.

– Chega! É óbvio. Alguém guarda essa maldita cabeça no *freezer* e de dois em dois meses coloca no meio da praça.

– Não mesmo! Muitos pensaram ser enganação. Quando perceberam o fato se repetindo no dia 7 dos meses ímpares, esperaram a noite toda. Às 7 da manhã, em ponto, o sino da igreja badalou um, dois, três... Eles foram ofuscados pela luz intensa, e na sétima badalada ouviram um estrondo. Algo havia caído no chão; abriram os olhos, e lá estava a cabeça. Assim se repetiu até o povo se convencer: ela vem do céu. Não tens curiosidade de saber como é a cabeça?

– Como podem ser tão naturais falando de uma cabeça sem corpo no meio da praça?

– Não é isso a tal banalização, tão em alta nos dias de hoje? Vivemos num país onde há milhares de homicídios por ano e pessoas de bem não têm certeza se voltarão vivas para casa, onde políticos roubam de forma vergonhosa, e o povo, mesmo sabendo das falcatruas, aceita e ainda os elege novamente. Tantos crimes e injustiças totalmente trivializados. Isso é normal? Acho mais fácil me acostumar com uma cabeça no meio da praça; sei que estará lá e não me prejudicará em nada.

Pensei sobre os questionamentos da minha irmã e fui obrigada a concordar. Já não via mais noticiários, não gostava de ler jornal; me chocava ver tanto sofrimento de alguns e total descaso de outros. Afirmei concordar com ela, e acrescentei:

– Já que estamos concordando, me fala, estou ficando agoniada. Esse suspense...

– Calma! Tudo tem sua hora. Prefiro falar mais da cabeça. No primeiro dia percebi os cabelos pretos, os fios unidos pela sujeira, pescoço trucidado, irregular, o sangue seco. Dois meses depois percebi o nariz avantajado, a pele branca com algumas sardas e manchas escuras. Noutra aparição percebi os olhos semiabertos. Se chegar muito perto talvez enxergue dentro deles. De longe se vê apenas um escuro. Uma outra vez percebi espaços vazios e partes preenchidas dentro da boca; devem ser os dentes. Mas deixa estar. Tu mesma poderás ver a cabeça e, prevenida, ela não vai te assustar.

– Se é verdade e ela só aparece no dia 7 dos meses ímpares, não estarei aqui para ver; falta muito tempo.

– Vais estar, eu acredito.

– Te esqueceste do meu marido?

– Pelo jeito não estás tão preocupada. Nem ligaste para ele ainda. Ele pode estar atrás de ti na polícia, imaginando tua fuga; seria hilário vê-lo estressado.

– Coitado! Estás sempre implicando com ele.

– Só tu não percebes que ele está te destruindo aos poucos.

– Como podes dizer tamanho absurdo; ele só me elogia, me chama de linda, meu amor.

– Ahã, ele está crescendo na empresa, cheio de prestígio, e a linda mulher em casa esperando com tudo exatamente como ele gosta. Vamos ver quanto tempo para ser trocada por outra.

– Boa noite, valeu a força. – Concluí, retirando-me.

Como explicar toda a confusão?

Deitada, pensei o quanto me envolvi com esse lugar de doidos; até me esqueci de ligar para o meu marido, sequer pensei nele; foram tantas histórias! E esse mistério da minha irmã! Seria um truque para me manter ao lado dela? Naquele momento ouvi risadas; crianças e mulheres riam; pareciam estar dentro do nosso pátio. Abri a janela. Não havia coisa alguma. Franzi a testa, sacudi a cabeça, fechei a janela, e os risos voltaram mesclados com gargalhadas. Agachei-me. Levei a mão no ferrolho, e elas continuavam rindo; abri num rompante, enfiando a cara para fora, não teriam como sumir tão rápido. Silêncio. Vazio. Estaria enlouquecendo? De repente, no outro lado da rua, percebi uma silhueta movendo-se lentamente, e seguia sem me olhar, era ela, tenho certeza, a senhora de vestido preto, grisalha e sisuda. Antes de sumir na esquina, olhou para mim e gargalhou. Não consegui dormir; acordei com a cabeça explodindo. Devia ligar para o meu marido, mas estava evitando. Ele faria perguntas e pediria para eu voltar. Como eu poderia explicar toda essa confusão? Todos os fatos inacreditáveis e o tal mistério ainda não desvendado. No entanto, era mais estranho eu não mandar notícias. Às vezes eu tinha vontade de voltar para minha casa, em outros momentos eu não queria ir embora. Seria loucura, curiosidade, consciente, inconsciente? Dane-se! Tomei um chá e apaguei. Acordei com risadas. Não! De novo não! Alguém gritou meu nome, abri a janela.

Minha irmã ria com duas amigas e perguntou se eu estava pronta; elas queriam passear conosco.

– Que horas são? – Perguntei.

– Duas e meia da tarde.

– Já? Não pode! Eu dormi quase o dia todo...

Aproveitei que estava na rua e liguei para o meu marido. Ele reclamou da casa abandonada e insistiu para eu voltar o quanto antes. E foi categórico: a obrigação da mulher é acompanhar o marido. E na despedida me cobrou a promessa de voltar antes de ele usar a última camisa limpa. Só reclamou, não perguntou por mim, nem pela minha irmã. Exigiu seus direitos, sempre me chamando de amor. Não disfarcei minha decepção. De qualquer forma prometi voltar no máximo em 7 dias.

Uma semana depois, meu marido ligou furioso para o trabalho da minha irmã. Ela, satisfeita, me passou o recado:

– Ele disse estar no limite, não suporta mais levar roupa na lavanderia, comer fora; afinal, para que esposa? Sustentar mulher para ficar passeando? Melhor ter amante.

– Não estás exagerando? Ele deve estar indignado, mas essas insinuações e ameaças. Ele não é assim.

– Ele sempre foi um homem difícil. A dificuldade em conviver com ele me motivou a sair da capital.

– Não foi o chamado desse lugar? Pelo menos eu entendi.

– É verdade, eu precisava vir para cá; isso um dia será esclarecido. Mas, voltando ao teu marido, ele ainda acrescentou: se tu não voltares até depois de amanhã, ele vai pedir o divórcio justificando abandono, não te dando coisa alguma.

– Amanhã cedo ligarei para ele.

Fui dormir furiosa, nem jantei.

Um cemitério particular

Logo depois do café matinal, rumei para a central telefônica, entrei na cabine, e a telefonista perguntou para onde seria a ligação; falei apenas o número do telefone, e ela disse:

– Tens certeza? Estás em condições de falar com o seu marido? Vais contar como queimados vivos, parentes assassinos, cabeças sem corpo a mantêm aqui?

Saí correndo rua afora e só parei em frente a um cemitério; ali meus pés grudaram no chão. Tentei caminhar, não consegui. Calma, pensei. Foi quando vi uma placa: "Propriedade particular". Eu via túmulos, muitos túmulos e capelas mortuárias; era um cemitério, e não poderia ser particular. Qual família teria tantos mortos numa cidade minúscula? A senhora de vestido preto, grisalha e sisuda se aproximou e disse:

– Bom dia. Não precisas fugir. Não te farei mal algum. A moça ainda não acredita nas histórias desta cidade, não é mesmo?

– Precisa haver uma explicação para tantas coisas estranhas – Respondi.

– E há, com certeza. Um dia a moça saberá. Continua prestando atenção, muita atenção. Não deixes escapar nada, e sua percepção será muito útil. – Ela concluiu, afastando-se. Eu a chamei:

– Senhora, não me confunda, seja mais clara.

Naquele momento ela sumiu na súbita neblina. Meus pés se soltaram. Quando fui retomar a caminhada, o senhor calvo de bigode branco apareceu e foi logo falando:

– Quem vejo! A turista bonita, mais magra, eu diria. Já lhe contaram a história desse cemitério?

– Ainda não.

– Esse é um dos mistérios sem entendimento. Como a senhora já percebeu, esta cidade é pequena, tem 7 mil habitantes registrados, a população flutuante, não se sabe; é variada. Pois bem, esse era o cemitério da cidade; pobres, ricos, pessoas de bem, assassinos, prostitutas, freiras, todos eram enterrados aqui, 7 palmos abaixo da terra; não há diferença, não é mesmo?

Pensei em me retirar, mas estava curiosa. Ele pediu para eu me sentar no banco de cimento em frente ao cemitério e continuou:

– Muitas pessoas compravam seus lugares com antecedência; as capelas guardavam lugar para os futuros mortos, maridos esperando esposas, pais esperando filhos, cunhados, sobrinhos, capelas mortuárias com espaços para vários membros da família. Um dia a cidade amanheceu com a notícia: "Estrangeiro milionário compra cemitério".

– Como assim? Cemitério pode ser comprado?

– Essa era a pergunta de todos, e a resposta lógica seria não. Passado o estranhamento, os moradores do vale ficaram tranquilos; nada mudaria; o comprador certamente manteria os compromissos assumidos. Esses estrangeiros ricos querem ganhar mais dinheiro, não importa como; até um cemitério.

– Desconhecia o cemitério ser rentável.

– Claro, afinal paga-se pelos túmulos. As discussões duraram dias, até chegar a informação. Nada seria feito sem o proprietário consentir. O medo se instalou. Se morresse alguém nesse meio tempo? E morreu. Um rico fazendeiro cuja mulher já estava na capela mortuária e os filhos exigiram enterrar o pai com a mãe. Os capangas do tal estrangeiro se postaram de arma em frente ao cemitério, e 7 cachorros pretos rosnavam, os dentes afiados à mostra. O cortejo na calçada e os homens munidos de espingardas no muro do cemitério, a cidade em alvoroço. O pipoqueiro e o senhor da cestinha de cachorro-quente se instalaram, o dono do bar mais próximo trouxe um isopor com refrigerantes gelados; comerciantes percebem quando o povo vai ficar muito tempo no mesmo lugar; fome, sede, dinheiro garantido. Palhaços de um circo recém-instalado na cidade divulgaram o espetáculo. O filho do defunto colocou-os a correr, bradando: "Quanta falta de respeito! Basta morrer para os abutres rondarem". O prefeito, pressionado pelo partido e assustado com a confusão, conseguiu junto ao juiz um mandado garantindo a abertura do portão do cemitério. Os capangas, diante da ameaça de prisão, deixaram o cortejo entrar. O enterro foi realizado na presença de mais da metade da população.

– Mais de três mil pessoas num enterro? O senhor tem certeza?

– Muitos vieram pelo defunto importante, outros por gostarem de enterro, e a maioria pela curiosidade. O povo espalhou que o estrangeiro colocaria tudo abaixo e construiria o primeiro edifício da cidade. Um dia depois desse enterro foi colocada a placa de propriedade particular. O tal estrangeiro mandou um documento da capital federal. O documento dizia ser ele o dono do cemitério e seria enterrado só quem ele autorizasse. Quem havia comprado túmulo seria ressarcido, e fim de conversa. Pessoas fizeram manifestações em frente ao cemitério durante dias; muitas choravam, principalmente viúvas; elas não se conformavam; queriam ser enterradas junto aos seus maridos. A senhora vê esse terreno ao lado? Ainda não tem muro, nem placa, mas será o novo cemitério do vale. É do irmão do prefeito. Ele convenceu as viúvas que elas estarão ao lado dos maridos; 7 palmos abaixo da terra tudo se une; dá até para sentir o cheiro do amado. As viúvas e os parentes estão comprando; já vendeu mais de duzentos túmulos. O prefeito insiste: "Não sabia de quem era o terreno quando assinou a licença para a construção de um cemitério". A oposição garante ser impossível.

– E o tal estrangeiro não explicou por que comprou um cemitério?

– Estamos aguardando os próximos falecimentos; todos querem ver a cara do tal sujeito; talvez a senhora presencie a elucidação do mistério.

– Quem sabe! Foi um prazer encontrar o senhor. Preciso ir. Até logo.

Segredo revelado

Fui caminhando e pensando: ou a minha irmã me esclarecia o tal mistério ou eu iria embora no dia seguinte. Não sabia quanto tempo estava fora de casa; parei de olhar no calendário. Quando estava fazendo as contas, ouvi uma voz:

– Exatamente 18 dias. – O rapaz ruivo e sardento, sorrindo, repetiu: – 18 dias atrás! Eu vim no mesmo ônibus, esqueceste?

– Também costumas ler pensamentos?

– Quem dera! Estava atento e te ouvi fazendo as contas.

– Está bem então. Até qualquer hora.

Saí decidida. Chega! Mais tarde, em casa, pressionei minha irmã, ameacei partir no dia seguinte. Ela não questionou e foi logo falando:

– Tens razão de estar nervosa. Eu imagino a tua angústia e insegurança diante de tantas novidades, a maioria sem explicação. Desculpa, não queria te envolver, mas **eles** exigiram, pois consideram indispensável teu envolvimento.

– Eles quem? Do que estás falando?

– Existe algo por trás disso tudo, espíritos, pessoas de carne e osso, fantasmas, passado, futuro...

– Chega! Não me enrola para me segurar aqui mais tempo. Fala de uma vez!

– É melhor mesmo. Não poderia mais esconder. Em breve todos vão saber.

– Mas não é um segredo? Se todos vão saber, por que tanto suspense?

– Estou grávida.

– E daí, qual é o mistério?

– Prestaste atenção? Eu estou grávida.

– Anos atrás me surpreenderia: minha irmã solteira grávida, mas agora eu só posso dar os parabéns e perguntar quem é o felizardo.

– Esse é o problema. Não existe felizardo, ou talvez exista, mas não sei quem é.

– Como assim? Estava bêbada? Como pode não saber? Não me diz! Tenho uma irmã puta? Teve relações sexuais com vários no mesmo dia?

– Não, não! Vou relevar a ofensa. Tens razão para estares nervosa.

– Relevar? Essa é boa! Me faz vir para uma cidade cheia de lunáticos, me enrola por 18 dias, põe em risco meu casamento, afirma com a cara mais deslavada estar esperando um bebê, não tem ideia quem é o pai... Só falta dizer que é virgem...

– Exatamente. Estou grávida e sou virgem.

– Ha, ha, ha! Tenho cara de idiota?

– Não! Por favor, me ouve! Por isso eu precisava que acreditasses nos mistérios desta cidade antes de dar a notícia. Se não, jamais acreditarias em mim. Afinal, não sou Nossa Senhora, nem meu filho é Jesus.

– Bate na boca! Nem ouse levantar o nome de Jesus e Maria em vão. Aliás, estás precisando de uma boa confissão, uma purificação do espírito, um psiquiatra para te curar dessa gravidez psicológica.

– Gravidez psicológica?

– Sim! Ou estás escondendo o pai da criança por algum motivo ruim, ou nem estás grávida. Deves decidir qual profissional eu te acompanho, ginecologista ou psiquiatra?

– Nem um nem outro, *eles* indicarão a hora de procurar o médico.

– Vou embora. Nem tenta me impedir. Hoje faço as malas e amanhã eu parto. Falando em parto, quando chegar a hora de parir, se precisar de mim, é só chamar. Apesar de tudo, não te negarei ajuda. Sei como são complicados os primeiros dias com recém-nascido, a não ser que o teu ET já nasça caminhando e falando.

– Está bem. Faz como achares melhor. Eu respondi a *eles* que preferia não te envolver.

– Ainda insiste. Chega! Amanhã eu vou embora. Fica com *eles*.

Saí batendo a porta e não consegui dormir. A noite toda misturei queimados com assassinos, sequestradores, cabeças sem corpo, cemitério, mãos para fora dos caixões clamando por seus parentes; meu marido gritava, dizendo ter outra mulher.

Grávidas virgens

Pela manhã esperei minha irmã ir para o trabalho, deixei um bilhete reforçando meu amor e pedindo desculpas por não conseguir ajudá-la. Sabia do meu egoísmo, mas se ficasse, enlouqueceria como os habitantes do vale. Passaria a enxergar cabeças na praça e a acreditar em tantos outros absurdos. Precisava voltar à civilização considerada normal. Aguardei o táxi verde, o tal que perambula pela cidade, mas nem sinal. Resolvi caminhar; a mala não era tão pesada. Não conseguia tirar os olhos do casal, no outro lado da rua. Ele vestia calça, camisa e tênis pretos, tinha muitas correntes de prata no pescoço, anéis, brincos e tatuagens nos braços. Ela usava um vestido preto, as pernas tatuadas, mechas azuis nos cabelos, vários brincos ao longo das orelhas, uma argola de prata atravessada na ponta do nariz e uma coleira grossa no pescoço, pela qual ele a puxava. Ele andava lento, e ela ia atrás. Não vi um buraco na calçada, enfiei o pé e virei o tornozelo. Não conseguia andar. A dor era limitante. O rapaz ruivo e sardento apareceu e ofereceu ajuda. Eu não conseguia colocar o pé no chão. Senti pegarem no meu braço. O senhor calvo de bigode branco falou para me apoiar nele. O hospital era perto. A senhora de vestido preto, grisalha e sisuda, do outro lado da rua, fez um sinal de concordância para o senhor calvo de bigode branco e depois para o casal de preto. Ele a puxava pela coleira e me olhava; ela, cabisbaixa, o seguia. Na entrada do hospital, a moça da rodoviária disse:

– Estava esperando vocês; sabia do acontecido. Vou avisar o médico. Hoje está tumultuado. Duas grávidas vieram à consulta de emergência. O médico está atendendo uma delas. Enquanto aguardas, conversa com a outra futura mãe.

O senhor calvo de bigode branco e o rapaz sardento me desejaram boa sorte e partiram. Fiquei intrigada, pensando como os quatro moradores estranhos estavam sempre me perseguindo. Ou seria coincidência?

Sentei-me ao lado da moça morena de nariz delicado. Ela estava cabisbaixa. Puxei assunto:

– Estás esperando um filho? É o primeiro?

Ela, sem me encarar, disse:

– Sim, é o primeiro.

– Tens preferência de sexo?

– Nem queria este bebê.

– Não fale assim. O pai dele deve estar feliz, e vocês serão uma família bem unida.

– Moça, este bebê não tem pai. Eu sou virgem. Ninguém acredita. Minha menstruação atrasou, nem dei importância. De repente comecei a ter tonturas e enjoos. Minha mãe me trouxe aqui e o médico confirmou a gravidez. Ela me levou rua afora, me puxando pelo cabelo: "Estás matando a família de vergonha". Repetia aos gritos. Meu pai me bateu com vontade, e na mesma hora colocaram minha mala na calçada. Fui procurar um tio, a prima abriu a porta, me abraçou, disse estar feliz em me ver, e contou sobre meu irmão ter acabado de sair. Quando o tio entrou na sala, ele mandou me retirar imediatamente. Com o tom de voz alterado, afirmou eu ser a vergonha da família, que ao menos tivesse a decência de admitir o erro, entregar o pai da criança, mas preferi mentir e proteger o cafajeste. A prima saiu em minha defesa, insistiu para me deixarem falar. Meu tio então ameaçou colocá-la para rua comigo e concluiu: "Quem defende sem-vergonha, merece o mesmo castigo."

– Meu Deus, e para onde tu foste?

– Acabei dormindo na praça. No outro dia, uma senhora de vestido preto, grisalha e sisuda apareceu e disse: "Eles ainda vão pedir desculpas. Não chores. O importante é cuidar desse bebê tão especial." Ninguém acreditava em mim, mas a senhora afirmou que **eles** conheciam a verdade, ofereceu a casa dela até a criança nascer, ter uns meses, para eu conseguir emprego e nos sustentar. **Eles** me dão força.

– Eles, quem? – perguntei.

Ela me fitou sem responder. Quando eu insisti, o doutor a chamou. Então a outra moça, de cabelos presos com fita colorida, sentou-se ao meu lado e disse:

– Estou pronta, mas te farei companhia; é ruim esperar, ainda mais com dor.

Perguntei se estava grávida, e ela respondeu:

– Estou me acostumando com a ideia. No início odiei, fiquei sem emprego, sem casa, mas agora está tudo bem. Fui acolhida por pessoas generosas, que acreditam em mim.

– Que bom! – Eu disse.

Ela continuou falando, contou ter vindo do interior com 17 anos para trabalhar numa casa de família. A patroa era muito boa, o patrão e os filhos também. Os anos passaram e nem sentia vontade de formar a própria família, e seguiu relatando:

– Tive uns flertes, nada sério. Quando a menstruação não veio, nem percebi. Então começaram as tonturas e a patroa me trouxe aqui. O médico confirmou a gravidez. Argumentei que só podia ser um erro; não poderia estar esperando um filho. A patroa enlouqueceu, e quando a convenci ser impossível, pois eu não tinha namorado, nem saía de casa, ela disse aos gritos: "Então foi em casa mesmo". Diante da negação dos homens da família, ela concluiu: "Meus filhos são meu sangue; sempre acreditei neles; meu marido não é meu parente", e colocou o marido porta afora, gritando: "Vai embora com essa vadia, traidora". Ele, por sua vez, me apertou nos braços, me machucou e exigia a verdade; se fosse um dos filhos dele, eu deveria denunciar; não era justo ele pagar por erro de outro. Eu insisti, não poderia acusá-los, não eram culpados. Ele me machucava e dizia: "Vais deixar arruinar minha vida, perder minha família para proteger teu amante?" Eu só conseguia chorar. Fiquei sem ninguém para recorrer, sem dinheiro sequer para voltar ao interior, mas ainda bem, porque lá eu seria escorraçada. Restou apenas o banco da praça. Eu fitava o nada, sem saber como agir. Então um senhor calvo de bigode branco apareceu.

Felizmente o médico me chamou antes de ela concluir. Examinou o exame de RX e foi categórico: eu precisava engessar meu tornozelo. Reclamei, argumentei estar voltando para minha cidade no próximo ônibus. Ele, rindo, afirmou: "Se conseguires andar, está liberada".

A moça da rodoviária chamou minha irmã. Em casa, desfiz as malas e pedi a ela que ligasse para o meu marido contando sobre a torção do tornozelo ocorrida exatamente quando estava voltando para nossa casa, e deixasse claro o quanto sentia a falta dele. Ela voltou da central telefônica radiante, trazendo todos os desaforos, sem esquecer um sequer. Perguntei se tinha sido tão eficiente assim no meu recado para ele. Minha irmã afirmou ter dado o recado exatamente como eu pedi e acrescentou sentir pena de mim pela dor e limitação causada pelo gesso, mas estava feliz porque eu ficaria. Forçada, mas ficaria.

Dia 7 de um mês ímpar

Dias depois, cansada de não fazer coisa alguma, ainda com dificuldade de caminhar com muletas, recebi a visita da vizinha. Perguntou como eu estava e em seguida relatou o burburinho ocorrido no cemitério do hospital. Pegaram uma mulher desenterrando o dedo do marido.

– Como é? Será que entendi bem? Uma mulher desenterrando um dedo no cemitério do hospital... O cemitério comprado pelo estrangeiro não era o único da cidade?

– De fato é. O cemitério do hospital é apenas para partes de corpos e fetos mortos. Até 20 semanas de gestação, caso ocorra o óbito, não é realizado enterro, e o procedimento seria descartar. As enfermeiras, com pena de jogar no lixo, resolveram criar um pequeno cemitério para fetos mortos. Depois da criação desse local para sepultamento, as enfermeiras enterraram membros decepados, uma perna, dois dedos, e uma orelha.

– Mas, e essa história de dedo cortado do marido?

– Ela conservava o dedo do marido congelado para continuar usando a digital do defunto e receber a pensão de invalidez. Todo mês ela tirava do *freezer*. E enquanto buscava a papelada, alegando incapacidade do marido, o dedo ia descongelando. Em casa, ela marcava a digital, recolocava no *freezer* e retirava o dinheiro no banco em troca dos papéis devidamente preenchidos. Um dia o fiscal bateu na casa, dizendo ser a vistoria anual; ela tentou enrolar o homem. Chorou, apelou piedade, mas não teve jeito. Quando entendeu que seria levada presa e o dedo extraviado, ela teve um ataque histérico. Uma enfermeira foi chamada. A mulher pediu para ela guardar o dedo no congelador. A enfermeira prometeu colocar numa caixa e enterrar no cemitério do hospital. A mulher ganhou redução de pena por bom comportamento. No primeiro dia fora da cadeia ela foi direto desenterrar o dedo do marido.

– E afinal, ela achou o dedo ou não?

– Estás querendo saber detalhes. Então estás começando a acreditar nas maluquices deste vale?

– Cortar um dedo e usar as digitais são coisas concretas. Fácil de acontecer.

– Até pode, mesmo, não dá para negar. Mas ficar intacta, ser usada para assinar documentos, não te parece mais uma da nossa cidade?

– Bem, vizinha, vou te dizer uma coisa: enquanto eu não presenciar, continuarei achando que é fruto de imaginação coletiva. Já ouviste falar em inconsciente coletivo?

– Não, nem sei repetir, como é mesmo?

– O inconsciente coletivo não se desenvolve individualmente; ele é herdado. É um conjunto de sentimentos, pensamentos e lembranças compartilhadas por toda a humanidade.

– Entendi! A conversa está boa, mas tenho afazeres. Até logo. Qualquer coisa é só gritar.

Saiu tão rápido, nem ouviu meu agradecimento, e eu cada vez tinha mais certeza: o inconsciente coletivo naquela cidade trouxera informações de várias gerações. Eles permanecem muito tempo sem sair do vale. Assim se deixam influenciar, acabam acreditando nas próprias mentiras e, sugestionados, enxergam cabeças na praça. No dia marcado já saem de casa esperando ver a tal cabeça. No mais, sequestros, pessoas queimadas, assassinatos, acontecem em todo lugar; dedo cortado para conservar digital, essa falcatrua é explicada. E o desespero atrás do dedo é porque ela acredita que conseguirá continuar enganando o órgão pagador da pensão. Quanto ao cemitério, o estrangeiro comprou lá do exterior um pedaço de terra e com certeza desconhecia os detalhes da propriedade. Bem, não serei eu a desmistificar tudo isso. Senti um calafrio, lembrei-me da senhora de vestido preto, grisalha e sisuda afirmando minha participação. Tudo estava clareando, eles fazem o jogo com cada forasteiro, desde o ônibus. A moça da rodoviária, a senhora de vestido preto, grisalha e sisuda, o senhor calvo de bigode branco, o rapaz ruivo e sardento, eles devem ser pagos pela prefeitura, políticos, sei lá, alguém com interesse em arrecadar adeptos para a cidade da loucura e assim aumentar a população. Precisava ajudar minha irmã com essa história de gravidez. Foi bom ficar; depois de ouvir as duas grávidas virgens no hospital eu tive certeza da gravidez psicológica coletiva. Lembrava de ter lido: a gravidez psicológica é um transtorno emotivo caracterizado por ausência de menstruação, aumento de volume do abdômen e outros sintomas, como náuseas e vômitos, sensação subjetiva do movimento do bebê, aumento das mamas e até secreção de colostro. É isso. Nunca tinha ouvido falar em gravidez psicológica coletiva, mas, se nessa cidade o inconsciente coletivo estava borbulhando, seria consequência. Enquanto eu tirava minhas conclusões, chegou outra vizinha; trazia um prato com roscas recém--assadas.

– Boa tarde. Como está o tornozelo?

– Melhor! Obrigada pela visita e pelas roscas. O aroma está dando água na boca.

– A senhora tem sorte de não poder sair de casa; a cidade está um alvoroço. Estão todos ao redor do cemitério. Os 7 cachorros negros encontraram uma toca e latiam sem trégua. Os capangas acharam uma cadela vira-latas gorda e um menino cachorro.

– Um menino cachorro? – Perguntei.

– É exatamente isso, um menino de mais ou menos três anos de idade; ele foi amamentado por uma cadela, anda de quatro, come enfiando a cara na comida e empurra para dentro da boca com uma das patas dianteiras, digo, mão. O menino não fala, rosna para as pessoas. Um horror! Só aqui acontecem essas aberrações.

– Não! – Retruquei. – Já li sobre um menino na Rússia. Ele foi abandonado com os cachorros da família num lugar distante; anos depois o encontraram com dificuldade na fala, andando de quatro, comendo com a cara no alimento, mordendo pessoas, nada demais. A senhora já ouviu falar de inconsciente coletivo?

– De quê?

– Jung, Freud.

– Até gostaria de discutir este assunto, mas preciso ir; fica para outra hora.

Assim, descobri um jeito de afastá-las; bastava puxar assuntos desconhecidos. Elas ficavam envergonhadas e iam embora. Estava decidida; gastaria todos os meus conhecimentos de psicologia e filosofia. Havia descoberto um escudo. Não conseguiriam me influenciar.

À noite minha irmã chegou muito agitada e falou:

– Nos dias 7 dos meses ímpares tudo pode acontecer.

Antes de ela começar a ladainha, eu disse já saber do menino cachorro no cemitério e da mulher desenterrando dedo no hospital.

– Mas não é só isso. – Disse ela, com a respiração ofegante. – Na escola um aluno teve a língua cortada pela professora.

– Não acredito! Como e por que uma professora cortaria a língua de um aluno?

– O menino estava excepcionalmente agitado. A professora chamou a atenção dele várias vezes. Quando ela mandou ler o tema, ele se negou e ao mesmo tempo mostrou a língua para a professora, chamando-a de boba. Ela pegou a tesoura e disse: "Coloca essa língua para fora de novo e vou cortar inteira".

– Nunca imaginei uma professora agindo assim.

– Ninguém esperava o menino colocar a língua para fora novamente e muito menos que ela tivesse coragem de cortar. O aluno berrava, o sangue escorria pelo pescoço, as outras crianças gritavam entre si, a professora gritava com elas. Até chamarem o taxista do hospital e levarem o menino para suturar a língua.

Minha irmã falava entusiasmada com as novidades e, diante da minha cara de descrença, acrescentou:

– Deve ter alguma explicação lógica para tudo isso, não é mesmo? Falando nisso, a cabeça ainda deve estar lá na praça; hoje é dia 7 de um mês ímpar; não tens curiosidade?

– Até iria se não fosse a dificuldade de locomoção.

– Posso chamar um táxi.

– Não, obrigada. Como pedir para o motorista: por favor, me leva na praça, quero ver a cabeça. Já falei! Não vou entrar nessa histeria coletiva. Em um mês, o doutor vai tirar o gesso e poderei voltar à civilização normal, onde as professoras não cortam língua de alunos.

– Mas alunos agridem professores. Outro dia li no jornal da capital sobre pisotearem uma professora.

– É verdade. Já fraturaram nariz, já surraram, já quebraram o braço... É um absurdo a impunidade. Mas como aqui o *show* é ser tudo diferente, a professora passa a tesoura na língua do aluno.

– Eu não sabia o quanto podes ser irônica.

– E nem eu sabia o quanto podes ser insistente nos absurdos e incoerências. Fraca a ponto de se deixar levar pelo inconsciente coletivo distorcido deste povo.

– Inconsciente coletivo... Confesso desconhecer esse assunto.

– O inconsciente coletivo é constituído não por aquisições individuais, mas por um patrimônio coletivo da espécie humana. Como o ar, esse inconsciente é o mesmo em todo lugar, respirado por todo mundo e não pertencendo a ninguém. O inconsciente coletivo é rede energética de interferência nas pessoas; está sempre em tudo e em todo lugar. Influenciando ou gerando ideias.

– Bem explicado, deve fazer sentido para muitas pessoas, mas para mim há muito tempo o meu consciente ou inconsciente são *eles*, suas orientações.

– Sabes, minha irmã, acho complicada nossa relação daqui para a frente. Eu continuarei insistindo em não acreditar, não me deixar envolver, e pelo jeito vais continuar insistindo com a tua gravidez. Pretendo ir embora e quando precisares de mim, quando *eles* te abandonarem, estarei ao teu lado. Só uma coisa gostaria de saber, mesmo não me convencendo da resposta. Como começou essa história? Da tua mudança para o vale?

– Não estou em condições de falar sobre isso hoje. Amanhã continuamos de onde paramos. Pode ser?

– Estás certa. Estamos exaltadas. Melhor deixar para amanhã.

Sonho repetido

Na noite seguinte, terminamos de jantar e eu logo questionei:

– Então, minha irmã, podemos continuar com a nossa conversa sobre a tua vinda para esse vale? Lembro tua insistência em vir para cá, um lugar desconhecido; achei que fosse por não ter namorado. Não concordei, afinal uma mulher com 25 anos sem namorado, não seria exceção.

– Nunca tive um homem porque deveria me conservar virgem, é verdade, agora entendo. Mas esse detalhe é irrelevante para ti. Então deixa eu começar pelo começo. Eu tinha terminado a faculdade, trabalhava no mercado do primo e me achava responsável por ti. Um dia passei em frente a uma banca de revistas e meus pés travaram, travaram mesmo. Quase caí. Olhei a capa da revista em frente e estava escrito: "Está na hora de mudar, pense em você". Eu jamais compraria aquela revista, e não comprei; **eles** compraram.

– Que coisa irritante esse **eles**. Como assim **eles** compraram?

– O vendedor da banca me ofereceu a revista como brinde. Em casa comecei a ler a tal reportagem da capa e parecia ter sido escrita para mim; dizia: "Se você é mulher, tem entre 20 e 27 anos, é solteira, mude-se agora para o interior, um lugar com poucos habitantes, um vale, por exemplo, onde possa meditar, dedicar horas só pra você". Considerei tudo uma bobagem. Dias depois, chegando em casa, fui ler novamente e, juro, a reportagem não estava mais na revista.

Olhei página por página, número por número, tendo a certeza de não pular, vi, revi, e não encontrei. Deixei passar, devia ter me enganado. Então passei a sonhar com um vale; quando cheguei aqui reconheci logo. Todas as noites o sonho se repetia: era bem recebida por quatro vultos, não reconhecia seus rostos, mas eram sempre quatro. Eu descia do ônibus, eles me conduziam por uma avenida clara, com flores baixas nos canteiros laterais. Eu tentava identificá-los, mas meus olhos insistiam em olhar para frente. Era sempre o mesmo sonho e a cada noite eu percebia um pouco mais. Então, uma vez sonhei com um lugarejo no final da avenida clara com canteiro de flores, e havia um pórtico com a palavra *Bem-vindo* e o nome deste município. Comentei com colegas de trabalho. Todos achavam estranho um sonho se repetir com tamanha insistência e regularidade de fatos.

– Por que nunca me falaste?

– Como tudo começou com a proposta de mudar de vida, me separar de ti, não quis causar uma preocupação desnecessária, a antecipação de algo que talvez nunca acontecesse. Mas quanto mais o sonho se repetia, mais eu acordava atordoada. Até então eu nem imaginava a existência deste vale. Ao mesmo tempo que eu sonhava, comecei a pensar muito sobre o rumo da minha vida. Então resolvi saber se existia o local e procurei na lista de municípios. Não foi fácil. Na realidade, foi emancipado há pouco tempo. Depois de muito pesquisar, descobri o registro de municípios recém-emancipados. Quando tive certeza sobre a existência do lugar dos meus sonhos, não hesitei. Chegando aqui, fui surpreendida pela calma do local. Apesar de vir sabendo o número de habitantes, imaginava maior e mais agitado.

– Eu também imaginei mais movimentado.

As primeiras pessoas com quem conversei contaram sobre o vale ter sido colonizado por italianos e austríacos. Eles se instalaram próximo à estrada de ferro, formando uma comunidade. Eles construíram uma estação de trem, e a maior parte da produção de grãos, frutas, verduras e até artesanato era vendida para a capital e transportada nos vagões. E assim os imigrantes prosperavam.

O último apito do trem

E minha irmã continuou contando:
– O último apito do trem ecoou melancólico e derradeiro. Ao sinalizar o fim, a locomotiva abandonou pequenas cidades formadas ao longo das estradas de ferro. A população local sofreu um baque; jovens debandaram, desacreditando na possibilidade de crescimento. Velhos ficaram solitários. As danças cessaram. Cada final de semana o baile era numa das comunidades ligadas pela estrada de ferro. Rapazes de terno e chapéu, donzelas com vestidos coloridos, luvas e sapatos de salto desciam do trem sorrindo, falando alto. Havia um intercâmbio de culturas. Alguns povoados ao redor foram colonizados por alemães, árabes e portugueses. Algumas vezes a banda também usava o trem, e nesses dias o baile começava nos trilhos. E tudo se perdeu, as expectativas, os sonhos, a segurança do futuro garantido, o apoio ao trabalho. O sorriso foi embora na última locomotiva. Houve uma readaptação difícil por ter sido imposta tão de repente. Muitas famílias faliram e deixaram a região. A população reduziu-se drasticamente. Depois, com a introdução de ônibus de passageiros, uma vez ao dia, alguns retornaram, jovens desistiram de partir, e aos poucos o vale foi se reestruturando a ponto de virar cidade. E nos últimos 7 anos o município mantém 7 mil habitantes. Não vais acreditar, mas quando nasce uma criança morre um velho, às vezes nem tão velho.

– De fato, mais uma loucura difícil de acreditar.

– Por isso, uma mulher grávida aqui é motivo de alegria e temor. Quando se espalha a notícia da futura mãe parir, muitos nem saem de casa, não se alimentam, só respiram. Quando minha barriga aparecer, saberei pela fisionomia das pessoas quem ficará contente e quem demonstrará desagravo. O que achas disso tudo?

– Estava pensando: no meio de tanta loucura, essa do trem é verdade. Quando constroem uma estrada de ferro, com ela vem locomoção de pessoas, alimentos, vestuário, produtos em geral, vendedores, médicos, dentistas; todos sabem que estão chegando junto com o progresso, jovens não querem deixar sua terra natal. Orgulho, autoestima, liberdade, o apito se aproximando parece dizer: alegrem-se, coisas boas acontecerão. Se alguém estiver se despedindo na estação, em breve sentirá o prazer do retorno. E, de fato, o último apito leva com ele a chance de sonhar. Mas continua contando a tua história.

– Eu quando cheguei fui logo procurar emprego. Na realidade, estava tudo traçado: a senhora de vestido preto, grisalha e sisuda, uma das representantes **deles** neste local, me orientou para procurar emprego na fábrica de puxadores. Quando a família, proprietária da empresa, migrou da Áustria para cá, eles já vieram com a ideia de fundar uma fábrica de puxadores. No início eram apenas o casal e cinco filhos. O fundador, já falecido, sempre dizia: "Todos precisam ter móveis, pobres e ricos, e móveis precisam ter puxadores". Quando existia a locomotiva, eles fabricavam muitos itens e mandavam para a capital, chegaram a ter mais de 20 funcionários, depois ficaram apenas 7 e a família. Agora estão progredindo novamente; tem 11 funcionários e uma camionete própria para levar encomendas a várias cidades. Ao chegar aqui, havia uma vaga para secretária da fábrica. Consegui alugar um quarto na pensão e depois mudar para minha casa. É alugada, mas fiz contrato de 7 anos.

– Por que 7?

– Posso te contar outro dia? Estou cansada, e a história do 7 é longa.

– Tu estás agindo tal qual Sheherazade, a cada noite contas uma história e assim eu vou me envolvendo e nem me dando conta de quantos dias já estou aqui.

– Sheherazade, essa foi boa. Quem dera!

Padre polêmico

No meio da manhã, não suportava mais ficar parada, pedi para a vizinha chamar um táxi; ia passear. Chegando à frente da igreja, onde pretendia rezar, havia uma manifestação. Cartazes erguidos por senhoras de preto diziam: "Exorcizar sim. Fora satanás. Deixa nossos filhos." Do outro lado, jovens gritavam palavras de ordem e seguravam cartazes: "Abaixo a exorcização. Livre-arbítrio. A escolha deve ser respeitada". Entre os jovens, uma mulher aparentando uns 30 e poucos anos parecia ser a líder do grupo. O motorista perguntou se eu queria ficar na igreja. Achei melhor esperar um pouco; quem sabe mais uns minutos e terminaria a manifestação. O motorista então contou:

–O padre se tornou famoso por exorcizar homossexuais; alega estarem possuídos pelo demônio e devem ser ajudados. Alguns parentes concordam com o padre; espalham na vizinhança que o filho está possuído, azucrinam a ponto de eles comparecerem à igreja só para contentar a família e terem alguns dias de paz. Outros se sentem culpados e até querem ser exorcizados. O assunto já rendeu página de jornal nas cidades vizinhas e até na capital. Alguns queriam a expulsão do padre, outros concordam com ele. Esse padre é polêmico; quando foi procurado para batizar fetos mortos por abortos espontâneos, ele quis saber quantos meses os bebês tinham, pois ele determinou que até os cinco meses os bebês não tem alma. Essa atitude gerou grande revolta e desilusão; mães sofridas pela perda não encontraram conforto e ainda saíram inseguras acreditando que seus bebês não iriam para o céu. E outra polêmica acontecida com o mesmo padre foi o casamento da viúva com o falecido.

– Como assim?

– Isso mesmo que a senhora ouviu. A viúva virgem, como é conhecida. Ela era uma moça muito bonita. No dia do casamento, o noivo foi cavalgar, caiu, bateu a cabeça numa pedra e morreu. Ela ficou desesperada, entrou em depressão, ficou meses trancada em casa. Quando reapareceu, causou desilusão a todos. O longo cabelo preto estava raspado como um jovem servindo o exército. A boca estava pálida, os cílios caíram, os dentes amarelados e tinha engordado. Os rapazes estavam aguardando seu retorno ao convívio do povoado; quando a viram, ficaram desencantados. Logo depois da morte do noivo, haviam apostado quem conquistaria o coração da linda jovem.

Pedi ao motorista para me levar em casa; os manifestantes, pelo jeito, não sairiam da frente da igreja tão cedo. Ele então falou que só sairiam quando a professora ordenasse, a líder do grupo, a tal aparentando 30 e poucos anos, uma professora de escola pública, homossexual assumida, polêmica na cidade. Algumas senhoras da comunidade implicam, querem expulsá-la do vale, a menos que ela aceite o exorcismo. Ela é quem mais entende de física e matemática; até já representou a cidade num concurso; é excelente professora, honesta; ninguém tem nada contra ela, a escola mantém a professora no cargo apesar de alguns protestos.

– Agradeço as informações, mas gostaria de ir embora, por favor.

Divergências

Mais tarde, em casa, minha irmã confirmou o casamento da jovem com o falecido. Começou narrando:

– A jovem noiva entrou na igreja lentamente ao som da marcha nupcial, carregando um buquê de rosas amarelas. Nesse dia ela usou maquiagem, penteou os cabelos ainda curtos imitando um coque e usou uma coroa de flores naturais. Fez questão de usar o vestido do casamento, mas como engordou, a costureira colocou uma barra em toda a lateral de ambos os lados. Era perceptível, mas ficou bonito. Depois da cerimônia religiosa, a viúva virgem, como passou a ser chamada, recepcionou 40 pessoas. Havia um bolo de dois andares e garrafas de espumante com o nome dos noivos nos rótulos. Até chuva de arroz ela recebeu. Estava devastada, é claro, mas conseguiu disfarçar. Casou-se sozinha e cumpriu todo o ritual. Agora, ela se diz grávida do falecido, anda espalhando que ele veio em espírito e concebeu o herdeiro. A população está caçoando. Uns dizem que ela transou com um qualquer e não admite, outros consideram loucura, e alguns apostam ser mentira. Mas é visível a transformação de uma moça linda, feliz, invejada para uma moça triste, feia e desmoralizada. Pensei em falar com ela, saber se realmente está grávida, se nunca teve relação sexual; poderia dizer que acredito nela, pois o mesmo aconteceu comigo, e não sou a única; **eles** deixaram escapar. Somos 7 grávidas virgens.

– Pelo amor de Deus, já te pedi; fico sem alternativa. Se acreditar em ti, estou assinando minha insanidade; se duvidar de ti, brigaremos. Chega!

– Está bem, eu paro, mas não entendo como podes depois de tudo ainda duvidar. Quando meu filho nascer, eu aceitarei tuas desculpas.

– Que bom! Assim fico mais tranquila. É um alívio saber que terei teu perdão. Se essa criança existir, se eu pegar um sobrinho no colo, sabe o que farei antes de pedir desculpas? Irei atrás do cafajeste, direi a ele para não chegar perto do filho, e nem pense em chegar perto de ti. Não queremos um centavo dele e, se insistir, eu mesma o coloco a correr com uma espingarda engatilhada. Está bem assim?

– Credo! Nunca te vi tão braba. Será saudades do rico marido?

– Chega de ironia, por favor!

– Quem falando em ironia... Desde tua chegada aqui tem ironizado tudo. Eu sabia o quanto seria difícil te convencer, mas, diante da nossa amizade e de fatos concretos, achei que acabaria sendo minha aliada.

– Fatos concretos? Vou esclarecer os fatos concretos: estou longe da minha casa, rodeada de lunáticos, com o pé engessado, sem poder sair, sem nada para fazer, perdendo meu marido... Sequer consigo falar com ele, minha irmã se dizendo grávida e virgem, e, para terminar, o mais concreto de tudo isso: eu não pretendo e não vou enlouquecer. Vocês não vão conseguir!

– Vou buscar um chá de camomila.

– Droga. Se eu pudesse avançaria em ti. Sai! Me deixa, por favor!

Filosofando

Não sei onde a minha irmã foi. Devo ter ficado horas em silêncio absoluto. Aos poucos me fui acalmando. Senti-me só, me lembrei do Schopenhauer, da opinião dele sobre a solidão. Por sorte trouxe o livro comigo; era meu livro de cabeceira. Tranquila, reli as frases previamente sublinhadas por mim: o homem inteligente procura a ausência de dor, uma vida tranquila, modesta e menos conflituosa possível. Às vezes até a solidão. Já o que está no outro extremo procura companhia a qualquer preço, de nada fugindo a não ser de si. Quem não ama a solidão não ama a liberdade. Apenas quando se está só é que se está livre. Na solidão cada um sente o que é. Dessa forma cada um fugirá, suportará ou amará a solidão na proporção exata do valor da sua personalidade. A felicidade pertence àqueles que bastam a si mesmos. Nesse aspecto admiro minha irmã. Decidiu morar sozinha, jamais se queixou e, de fato, parecia estar feliz.

Schopenhauer é considerado pessimista; sua visão do ser humano não é muito animadora. Eu discordava dele em parte; agora, vivendo aqui, entendo quando ele escreveu: geralmente impera no mundo a malvadez e a insensatez, o destino é cruel e os homens deploráveis. Quase todo sofrimento vem da sociedade, e a tranquilidade espiritual é ameaçada por ela. Para ter escrito tão bem sobre a humanidade ele deve ter presenciado atrocidades como essas maluquices que tenho visto todos os dias: professora cortar língua de aluno com tesoura, mulher atear fogo no marido, filho matar mãe e manter o corpo num armário. Pensando bem, se ele tivesse morado aqui seria considerado derrotista, porque não deixaria uma nesga de esperança para a humanidade.

Eu, até vir para este lugar, conseguia seguir os conselhos do Schopenhauer, procurar uma vida modesta, menos conflituosa. Desisti de trabalhar, de estudar; dedicava meus dias ao meu marido, tranquila, sem conflitos. De repente estava à mercê daquele povo e seus truques baixos. Em alguns momentos cheguei a acreditar lerem meus pensamentos. Mas percebi, era fácil adivinhar, a moça da rodoviária ouviu quando perguntei onde vendiam passagem para o vale, até porque ela estava por ali, ia para o mesmo lugar. O rapaz do guichê é orientado para assustar. A senhora de vestido preto, grisalha e sisuda é uma das líderes dos lunáticos; mudou o sorriso rápido, era treinada para tal. O senhor calvo de bigode branco narra atrocidades; esse é o papel dele. Das histórias macabras, eu consegui ver casas ditas assombradas, cemitério particular, muro esculpido forjando corpo de mulher; o resto foi só conversa. E o rapaz ruivo, como ele poderia saber que eu pensava há quanto tempo estava no vale? Devo ter falado em voz alta. Nunca na história alguém leu pensamento.

Se eu conseguisse levar a minha irmã comigo, com certeza, com um bom tratamento, ela voltaria ao normal. Mas como convencê-la? Nós sequer conseguimos manter um diálogo. Foram os momentos mais difíceis da minha vida. Quando a minha mãe morreu, eu tinha 7 anos; os adultos providenciaram tudo; não precisei decidir coisa alguma. E quando se é criança a dimensão da dor é diferente; qualquer distração troca o choro pelo riso, os dias passam, e a saudade diminui conforme aprendemos a viver sem aquela pessoa.

Naquele momento com minha irmã, sentia a importância da minha atuação; ela só tinha a mim. Se eu falhasse, ela poderia se perder. Não sabia mesmo como agir; decidir é sempre difícil. Se existe uma decisão a ser tomada é porque existe mais de uma possibilidade, ir ou não ir, fazer ou não fazer, falar ou não falar, sim ou não, e decidindo pelo sim, resta saber como ajudar. Esse era meu dilema.

A estação do trem

Dias depois, após minha irmã sair para o trabalho, tomei café e rezei pedindo a Deus ajuda para achar a melhor saída dessa situação inusitada.

Resolvi tirar o gesso. Um pouco eu serrava com a faca, outro pouco cortava com tesoura pelas beiradas. Sentia dor quando forçava; pensei em desistir, mas estava decidida. Se fosse ao hospital, eles não tirariam nem por decreto. Se esperasse o médico considerar curado, demoraria um mês e teria que recomeçar a andar com todo o cuidado. Então decidi: se fosse para andar com cuidado depois de um mês eu o faria naquele momento. Depois de muito esforço e suor, consegui. Caminhei, com a ajuda das muletas, colocando o pé no chão sem largar peso, até a esquina. Passava o táxi preto, o motorista não ia parar. Gesticulei, gritei. Ele deu ré, parou ao meu lado e disse:

– Pelo jeito a senhora não é daqui. Sinto muito, só transporto da Prefeitura e para a Prefeitura, prefeito, vereadores, auxiliares, parentes de políticos, ou quem eles determinarem; abro exceção para juízes, advogados do fórum se estiverem a serviço da comunidade.

– E turistas com pé machucado? Considere! Seria um cartão de visita para sua cidade, um ponto para a administração do prefeito. Táxi da Prefeitura transporta senhora da capital com o tornozelo engessado.

– A senhora desculpe, mas não vejo o gesso.

– O senhor tem razão, pois acabei de tirar; ainda tem a marca se o senhor quiser ver. – Falei, levantando a perna; quase enfiei o pé pela janela do táxi.

– Está bem! Não é necessário. Vejo as muletas, mas depende de onde pretendes ir; não pode ser muito fora do trajeto da Prefeitura.

– Eu gostaria de ir passear na antiga estrada de ferro, quero dizer, na estação do trem.

– Essa é fácil, mas o lugar é abandonado. Ninguém vai lá.

– Ótimo. Preciso de um lugar assim.

– Desculpe, mas a senhora me confundiu.

– Quero conhecer um lugar que já teve tanto *glamour*, tanta alegria, esperança, e agora não tem coisa alguma.

– Cruz, credo, senhora!

Foi engraçada a reação do homem, mas depois ele calou. E quando perguntei quanto devia, ele concluiu:

– Nada, senhora. Foi um prazer carregar pessoa tão inteligente. As pessoas daqui não falam bonito como a senhora, nem "os doutor advogado".

Agradeci, e caminhei em direção à estação. O silêncio era absoluto; se valesse dinheiro qualquer ruído percebido, sairia dali sem um centavo. A estação era pequena, as paredes carcomidas. Restos de tinta amarela contrastavam com as portas escuras. As telhas tapadas de limo e sujeira entranhada. Subi a pequena rampa até a entrada. As portas de madeira ripada estavam trancadas, mas dava para enxergar entre as frestas. Havia dois guichês de venda de passagem e um espaço vazio; com certeza era o lugar dos bancos. Forcei a porta e consegui abrir. Na parede estava escrita uma poesia com tinta verde, algumas letras desbotadas, mas foi possível ler:

> *À margem do trem*
> *Ao cruzar*
> *O corpo dos homens*
> *Na lavoura*
> *O trem vara a esperança*
> *Fumaça, apitos, crucifixos*
> *Sacas de trigo e suor*
> *Emolduram trabalho*
> *Sol a sol*
> *Homens exaustos*
> *Farejam ouro*
> *À margem dos trilhos*
> *À margem do trem*
> *À margem dos homens*
> *Sedentos de ouro*
> *Ouro em pedra*
> *Ouro em pó*
> *Ouro futuro*
> *Na linha do trem que passa*
> *Sulca a terra*
> *Fere o corpo do trigo*
> *O corpo de Cristo*
> *Nos trilhos do trem*
>
> *Autora: Leda Becker*

Reli em voz alta, encantada com a sonoridade do poema, além do significado forte.

Fechei a porta como a encontrei.

No lado de fora também não havia banco; sentei-me na rampa, no local onde os passageiros aguardavam a chegada da locomotiva. Meus pés quase tocaram nos trilhos. O ferro intacto me lembrou a professora dizendo: linhas paralelas são duas linhas que correm lado a lado e jamais se encontram, como os trilhos do trem, e segui o olhar em direção ao horizonte, e elas iam lado a lado sem se encontrarem. Naquele momento sentia eu e minha irmã como duas linhas paralelas. A grama tentava tapar os trilhos e os dormentes, mas estes se mantinham destemidos à espera da locomotiva. Havia dois postes de madeira com uma placa, e ainda dava para ler *Estação* com nitidez. O restante estava apagado, letras soltas, sem chance de deduzir o nome da pequena cidade surgida naquele vale rodeado de montanhas. Ao longe o apito da locomotiva, cada vez mais forte, vozes, risos, crianças descem correndo as escadas do trem, trabalhadores se aproximam com bagageiros e encostam nos vagões para encher de mercadoria recém-chegada da capital. Fui despertada pelo trote de um cavalo, e o cavalgante falou:

– Buenas, senhora!

– Buenas! – Respondi!

Tentei concentrar-me na história da minha irmã. Apesar de ela negar, de tentar achar explicação para tudo, havia algo mais. Aquelas moças se dizendo grávidas virgens, por que mentiriam para mim; não sou o centro do mundo, não faria sentido tudo ser um plano para me enlouquecer. E se a minha irmã pediu para as amigas mentirem, todo aquele teatro para eu acreditar na gravidez dela sem contato com homem... Seria mais fácil simplesmente dizer: eu tive relações sexuais, estou grávida e o filho da puta me abandonou, ou, estava bêbada e não sei quem é o pai. Mas colocar amigas para fazer teatro? E a moça da rodoviária adiantou que as duas estavam grávidas. E deixou elas afirmarem serem virgens. Mas como seria possível? Moças grávidas virgens. De acordo com minha irmã, serão 7. Ela, as duas do hospital e a viúva virgem. Quem serão as outras três? Outras três? Se não acreditava, como poderia estar querendo saber quem eram as outras três? Imagina se, além das crianças geradas por amor, ou somente sexo, ainda houvesse as geradas por espíritos decididos a terem filhos depois de mortos. A cidade seria denominada a cidade dos fetos sem pai. Não, por mais que tentasse raciocinar, racionalizar, equacionar, nada me levava a conclusão satisfatória.

Minha cabeça doía. Eu sentia isso desde criança quando tentava desvendar a criação do mundo. Até concluir: não existe verdade absoluta, e parei de pensar sobre o assunto. Mas nessa história eu não poderia agir da mesma forma, não vou pensar, e ponto final. Eu precisava tomar uma atitude.

Minha irmã contava comigo. Ela na minha infância foi tão boa, aguentou meus fricotes de órfã mimada. Toda noite contava histórias. Não houve fábula do "Mundo da criança" que não foi contada e recontada. De todas as histórias, a preferida era *As Viagens de Gulliver*. Ela contava com tanto detalhe! Eu entrava na aventura, quando Gulliver caía na terra dos gigantes; eu me abaixava, precisava garantir não ser vista. Bastava uma pisada e eu seria esmagada. Tremia de medo; cada dia ouvia como se a história pudesse ter um final diferente. Vá que o gigante procurasse melhor... Quando Gulliver descia na cidade dos pequenos, eu adorava. Ali eu era gigante, olhava ao redor com desdém. A voz do pai chamando, dizendo já ser hora de dormir soava longe, minúscula. Se eu pudesse acreditar nas histórias dessa cidade como acreditava nas viagens de Gulliver, tudo seria mais fácil para nós duas.

Pensei na minha vida, no rumo tomado. Na realidade, nunca estive tão sem rumo. Estava sem a minha casa, sem marido, sem emprego, sem solução para o problema da minha irmã, sem força, sem perspectiva, sem, sem, sem, e, para completar, sem ter ideia de como poderia mudar essa situação. Chorei, não sei por quanto tempo... E a única certeza no momento era a necessidade de voltar para a casa da minha irmã; precisava descansar.

Saí da estação de trem caminhando lentamente e percorri o restante do caminho de táxi. Dessa vez não foi com o taxista da prefeitura; o senhor do táxi verde passava e me levou.

Mais um caso de grávida virgem

Apesar do cansaço, resolvi dar uma parada na igreja; queria rezar. Sentada num dos bancos, estava a professora homossexual. Depois de uns cinco minutos, sentou-se ao meu lado. Afirmou estar preocupada, temia estar enlouquecendo, e acrescentou ainda que poderia ser algum feitiço das velhas beatas. Eu continuei olhando para ela com atenção. Ela acrescentou, caso eu não soubesse, que era professora e líder do grupo de homossexuais da cidade, e apesar de já ter 34 anos, jamais transara com um homem na vida, e não sentia a menor vontade. Procurou um médico porque sentia tonturas e enjoos. Ele a examinou e assegurou a gravidez. Então, ela, olhando-me firme, olho no olho, falou:

– Eu não posso estar grávida; nunca tive espermatozoide em contato comigo, nem por perto. Discuti com o doutor; afirmei jamais perder o autocontrole, chamei de louco e incompetente. Em casa, mais calma, fiz contas, me concentrei e percebi que há meses não menstruava e tinha inclusive aumento dos seios. Tenho vindo rezar todos os dias. Já pensei em gravidez causada por feitiço. Peço a Deus proteção contra esses demônios. Durante a reza, quando entraste, uma voz me disse: "Fala para ela, fala para ela". Não sei o motivo, desculpe, nem te conheço, mas enquanto não me levantei para falar contigo, não pararam de falar no meu ouvido. Sabes como me ajudar? Minha barriga está começando a aparecer.

Estou completamente perdida, desmoralizada. Como posso ser líder dos homossexuais e estar grávida? Serei a piada da cidade.

Eu, totalmente constrangida e tentando disfarçar, respondi:

– Sinto muito, não sei o que te dizer. De fato, será no mínimo uma revelação bombástica. Esquecendo o fato de ser virgem, não achas bom ser mãe?

– Não. Dessa forma não.

– Não sei mesmo como te ajudar. Cheguei aqui umas semanas atrás, ouvi tanta besteira, coisas impossíveis... Na escola, por exemplo, uma professora cortou a língua do aluno, é verdade?

– Sim, ela duvidou da ousadia do menino e quando ele colocou a língua para fora novamente, ela deu uma tesourada. O coitado tossia afogado com o sangue, os olhos eram de pavor; ele nem chorava, só tossia; deve ter engolido muito sangue. O professor de Educação Física estava inconsolável. Dizia ter feito o curso de primeiros socorros e não ter estudado nada sobre língua pendurada; corria de um lado para o outro, mandava o menino morder um pedaço de gaze e acompanhou o aluno ao hospital. Na volta só se vangloriava; havia salvado o menino. E teve um outro professor processado por um pai indignado quando soube que ele lambeu uma ferida do seu filho. O menino esfolou o joelho e tirou um tampão, como se diz. Sangrou e o professor lambeu. O aluno ficou parado, teve receio de reagir. Outro colega contou ao pai e esse imediatamente compareceu à escola com advogado.

– E qual foi a explicação do professor?

– Pediu desculpas. Disse ter a melhor das intenções; queria estancar o sangue, e acrescentou ter estudado num curso de primeiros socorros que a lambida contém anticorpos e protege de infecções. Quando cobrado sobre o tal curso, desconversou.

– Que absurdo! Tudo aqui é diferente. Na capital não conhecemos as pessoas, muito menos sobre a vida delas. Aqui vários habitantes me colocam a par das fofocas da cidade, inclusive já sabia sobre a tua profissão e homossexualidade. Eu te vi na passeata em frente à igreja. A gravidez, nem sonhava.

– Ninguém sabe. Te coloca no meu lugar... Como admitir esse absurdo e ainda afirmar jamais ter tido contato com homem.

– Eu ouvi dizer que a tal viúva virgem está grávida, e ela jura não ter tido relações sexuais. Por que não fala com ela?

– Não tenho coragem.

– Não quero te ofender, mas já pensou em gravidez psicológica coletiva?

– Psicológica? E o exame? O resultado deu positivo. Quanto a ser coletiva, se existe mais de uma na minha situação, quem sou eu para duvidar. Podíamos nos unir e nos confortar, talvez achar uma explicação.

Antes de começar a me enrolar, pedi desculpas por não poder ajudar e me despedi.

De volta à filosofia

Voltando para casa, eu me culpava; devia ter falado para a professora homossexual sobre a minha irmã; talvez fosse o destino conspirando para elas se encontrarem. Conspirando, palavra-chave, e se fossem ***eles***, os queridos da cidade, armando isso tudo, os tais que comandam este lugar. Faltava descobrir qual era o interesse ***deles***, onde poderiam ganhar enlouquecendo as pessoas, manipulando, fazendo acreditarem nas bizarrices. Outra no meu lugar já teria entrado na ***deles***, estaria fazendo planos da chegada do sobrinho concebido sem pai. Voltaria para a capital e contaria a grande novidade: vocês não vão acreditar, tenho um sobrinho, mas minha irmã é virgem. Uns diriam: é o avanço da medicina; quem diria um filho sem pai. Outros olhariam maliciosos pensando: trouxa, caiu na conversa da irmã. Outros pensariam que enlouqueci. Não havia saída digna para essa situação. Como diz Schopenhauer: "A glória precisa ser conquistada, a honra apenas não ser perdida". Minha irmã perderia a honra. Quem acreditaria nela? Tudo o que foi construído até aquele momento, dignidade, honestidade, verdade, transparência, tudo seria questionado quando soubessem dessa gravidez. A glória precisa ser conquistada, a honra apenas não ser perdida. Minha irmã estaria mentindo aos olhos de todos, e daria margem a dizerem: quem é capaz de mentir com tanto descaramento, é capaz de tudo. E as pessoas se sentiriam agredidas na sua inteligência, e isso ninguém perdoa.

À noite antes de dormir, abri o livro de Schopenhauer na parte que fala do perdão, outro conceito interessante: perdoar e esquecer equivale jogar pela janela experiências adquiridas com muito custo. Se nos fizeram algo de desagradável, temos que nos perguntar se nos é tão valioso a ponto de aceitarmos que repita uma segunda vez. Com frequência, o mesmo tratamento é cada vez mais grave. O caráter é incorrigível, e todas as ações humanas brotam de um princípio íntimo em virtude do qual o homem em circunstâncias iguais tem sempre de fazer o mesmo, e não o que é diferente.

Quando li esse conceito entendi minha dificuldade em desculpar quem agiu errado comigo. Sempre tive essa sensação; o perdoado entenderá que está tudo bem; se eu relevei é porque não foi tão grave. Como o caráter se repete, o erro será repetido.

Muitos acham nobreza pedir perdão; consideram uma demonstração de coragem e humildade. Mas, na verdade, muitas vezes o pedido de desculpas faz parte de uma estratégia. A pessoa que cometeu uma agressão física ou verbal, por exemplo, está malvista num grupo e com chances de ser isolada. Ao pedir desculpas, passa de algoz a herói. Na maioria das vezes, é a melhor saída. Quem deseja ser perdoado, deve conquistar esse perdão através de atitudes. Quem se preocupa em agir de forma correta, raramente necessita se desculpar, e só pela sua forma de agir conquista o perdão de quem se sentiu injuriado.

7 mil habitantes

No dia seguinte, saí cedo; pretendia voltar à estação de trem abandonada; me encantara com tanto silêncio. No caminho percebi um movimento diferente na cidade; pessoas agitadas passavam em todos os sentidos. O rapaz ruivo e sardento aproximou-se e falou:

– Uma grávida chegou ao hospital minutos atrás; já estava em trabalho de parto. As pessoas que acreditam na maldição do número de habitantes se protegem; alguns deitam e não se mexem, outros permanecem sentados, ou procuram amigos porque temem morrer sozinhos. Fale com os transeuntes, pergunte a cada um e verá que existe algo a mais.

Falando isso, se retirou.

Eu continuava no caminho para a estação ferroviária e vi uma senhora atravessando a rua de um lado para outro; ia para lá e voltava para cá. Quando ela chegou do meu lado, perguntei:

– Posso saber por que a senhora está atravessando a rua sem parar?

– Claro, minha filha! Uma grávida vai parir. Alguém morrerá com certeza. Não podemos passar de 7 mil habitantes. Tenho esperança de ser atropelada... Não aguento mais viver! Quero estar ao lado do meu velho, falecido há 7 anos, e, com licença, preciso continuar no meio da rua.

Segui e enxerguei o táxi verde parado. Me aproximei. O motorista estava com os olhos fechados; cutuquei-o e falei:

– O senhor pode me levar na estação de trem?

– Nem por decreto. Enquanto não morrer um habitante, não movimento um músculo. Ficarei aqui, afinal ninguém morre sentado no banco do carro estacionado. Sinto muito, senhora. Procure outro motorista.

Eu não acreditava no que via. Os bancos da praça estavam lotados, todos sentados quietos, as casas em silêncio, as janelas fechadas, as ruas quase sem movimento; algumas pessoas caminhavam normalmente; dois ou três carros passaram por mim. O dono da funerária se mostrava, e atrás dele o irmão do prefeito, dono do cemitério novo, anunciava a inauguração do empreendimento. No rio, um rapaz abandonado pela noiva permanecia parado dentro da água e gritava que morreria por amor. Os bombeiros, médicos, hospital, polícia estavam todos de plantão. Perguntei qual a relação de um nascimento e da tal morte anunciada com todos esses cuidados? Explicaram que alguns suicidas aprontam quando sabem de um nascimento, pois acreditam ser a chance de morrerem. Contaram sobre um bêbado atrapalhado. Numa das vezes, tentando morrer asfixiado pela descarga do carro, explodiu a garagem da casa e foi arremessado na calçada do vizinho, mas teve apenas arranhões. Outra vez tentou se enforcar: atou a corda na madeira do teto, e a tábua veio abaixo com mais dezenas de telhas. Nessa tentativa ele fraturou o braço e teve escoriações. Depois resolveu se afogar na caixa d'água; destruiu a boia e causou um alagamento na casa. Assim, cada vez que sabem das intenções dele ficam todos de plantão. Tem dois filhinhos de papai fazendo corrida de carro. Um deles é suicida; gostaria de deixar este mundo o mais breve possível, o outro desafia a morte e brada: "A morte ronda a cidade, mas jamais me levará".

Não entendi. Se havia tantos querendo morrer, os que não querem morrer poderiam tranquilizar-se, pois existem vários antes deles na fila. Resolvi descansar no banco da igreja. Inacreditável! Dezenas de pessoas rezavam, acendiam velas. Apesar do cansaço, caminhei até o cemitério. Balões coloridos enfeitavam a entrada, funcionários uniformizados aguardavam, e uma faixa comprida dizia: "Sejam bem-vindos, familiares e amigos do primeiro usuário deste cemitério". Decidi ir embora; não aguentaria mais loucuras.

Chegando em casa, fui surpreendida pela notícia: a vizinha da frente falecera sentada no sofá. Ainda estava lá; não podiam mexer na morta até o policial chegar. Resolvi me unir aos curiosos e dar uma espiada. A mulher usava um vestido azul-marinho com flores brancas, tinha um xale nas costas e o cabelo preso num coque. E os olhos? Estavam muito arregalados. Ela certamente enxergou a morte, diziam as fofoqueiras. Ela permanecia sentada no sofá sempre que anunciavam um nascimento. Afinal, existiam tantas histórias de pessoas morrerem deitadas, mas sentadas no sofá... Que susto levou para estar com os olhos esbugalhados assim!

As fofoqueiras correram a espalhar para os moradores voltarem às suas atividades; já havia uma morta. Resolvi acompanhá-las; estava curiosa para ver a reação do povo. O rapaz no rio entendeu que ficaria exausto, mas não morreria, nem se matando; já tinham escolhido outro e lamentava: "Nem para morrer tenho sorte". A velha viúva sentou-se no banco da praça, cansada de tanto atravessar a rua, e afirmou: "Vou esperar o próximo bebê nascer". Correu a notícia do nascimento de um menino muito pequeno, pesando apenas 1 kg e 700 gramas. O bêbado atrapalhado disparou a arma, matou a galinha da vizinha, e estavam batendo boca; ela queria uma dúzia de galinhas; afinal, com o susto outras poderiam vir a falecer do coração. O filhinho de papai, o tal desafiador da morte, destruiu o carro contra um poste, saiu ileso e bradou: "Vem, morte, vem me pegar se tiver coragem; sou mais forte do que tu". O jovem suicida se resignou e foi para casa tomar uma batida de banana, afirmando estar com uma baita fome. A velha viúva atravessou a rua voltando para casa e o taxista acelerou, vibrando com a morte adiada, e atingiu a idosa, arremessando-a para longe. Morte instantânea. Corri ao encontro dela; mantinha um sorriso de satisfação. Pensei: uma ficou em estado de choque ao ver a morte, outra sorriu. Que fenômeno seria esse? A aparência da morte varia? O momento da vida de cada um determina a aceitação? Será que o falecido marido veio buscá-la? O que enxergamos nessa hora? Quanto tempo demora para entendermos que estamos mortos? Decidi voltar para casa.

Havia nascido um menino e morrido duas pessoas. Seria uma grande satisfação contar para minha irmã sobre os 6.999 habitantes. A tal história de 7.000 habitantes mantida durante anos, era coincidência, ou nem era verdade. Cheguei em casa bem tranquila, e as maldições começavam a desmoronar. Então apareceu a vizinha da esquerda ofegante. E, exaltada, começou a narrar:

– É inacreditável. A grávida tinha parido o menino, e já sabiam da morte da vizinha da frente, tudo normal. Então a grávida continuou com contrações e dores e ganhou outro menino, menor que o primeiro, pesando apenas 1 kg e 70 gramas. Quando começaram a não entender, alguém chegou ao hospital informando sobre a morte da velha viúva. Tudo fazia sentido. Enfermeiras festejavam, pois o fenômeno era mantido: nasceram dois, morreram dois. Foi quando entrou no hospital o taxista que havia atropelado a velha viúva. Estava agitado demais, falava em voz alta repetindo não ser um assassino, jamais sequer bateu o carro durante todos os anos em que trabalhou na praça. "A velha se atravessou", repetia. E desmaiou. Chamaram o médico de plantão. Ele abandonou a grávida, afinal as enfermeiras poderiam cuidar dela, e foi tranquilo atender o taxista. Não haveria mais mortes e, até onde sabia, não havia mais parto previsto naquele dia. O homem, apesar de todos os esforços do médico, morreu de infarto fulminante. Houve um desânimo e questionamento dos funcionários do hospital.

Eu olhava para ela sem acreditar.

E a vizinha da esquerda, ainda acelerada, continuou:

– Para que parassem de incomodar, o médico, contrariado, resolveu examinar a parturiente, à procura de mais um bebê. Alguns acharam loucura. Trigêmeos? Era mais fácil esperar uma mulher vinda de uma cidade vizinha ou alguma grávida com parto prematuro. O médico, sem querer admitir, voltou a manipular a parturiente e pasmem: havia um terceiro bebê, pesando 1 kg e 600 gramas. As enfermeiras riam, todas as pessoas no hospital aplaudiam. A cidade mantinha 7 mil habitantes.

Eu estava incrédula. Achava mais fácil pensar que todos faziam parte de um teatro para me confundir. Mas eu vi a vizinha da frente morta, também vi a velha viúva ser atropelada. O taxista eu não vi, poderia ser mentira, os três nascimentos também. Mas as duas falecidas eu participei, me chamou atenção a reação antagônica delas frente à morte. O que poderia fazer? Estaria sendo injusta com a minha irmã? Ela estava precisando da minha ajuda, principalmente acreditar nela. Mas seria admitir as bizarrices: cabeças em meio à praça, assassinos de parentes, cemitério particular e tantos outros acontecimentos inusitados.

Naquela noite dormi agitada. Confesso ter ficado ansiosa pelo dia seguinte, para acompanhar o desenrolar dos atos fúnebres.

Primeiro enterro no cemitério novo

Uma hora antes do horário marcado para o primeiro enterro me ocorreu ver como estava o movimento nos cemitérios, o que fariam com os três mortos. Lá estavam os 7 cachorros pretos, olhos brilhantes, caninos à mostra, impedindo a entrada no cemitério particular. Seriam sempre os mesmos cachorros pretos, desde a estrada? Os capangas também eram 7. Os portões permaneciam fechados. Do lado de fora a multidão se aglomerou. O homem do churrasquinho sorria com os bolsos recheados de dinheiro, a mulher da água e dos refrigerantes não estava satisfeita; dizia ser amiga do taxista; deveria estar apoiando a família, mas precisava aproveitar os dias de lucro garantido. A moça de cabelo preso com fita colorida tentava vender seus guardanapos com barra de crochê. Oferecia às senhoras, não sem antes ter certeza se eram parentes dos falecidos; jamais ofereceria para mulheres em luto, e só estava lá porque precisava; onde havia multidão as oportunidades de vender aumentavam; ela mesma me falou tudo isso quando me ofereceu guardanapos. Percebi a barriga começando a aparecer. Ela me reconheceu e perguntou como estava o tornozelo. Eu queria falar com ela, mandar vender guardanapos lá em casa, mas eu não estava preparada. Aproveitei a confusão e ia me afastar dela; foi quando a moça da rodoviária apareceu e disse:

– Olha as duas pacientes se encontrando de novo. Vocês deveriam conversar mais. Por que não marcam um encontro? Assim poderá oferecer guardanapos para a irmã dela e as vizinhas.

A moça, constrangida, falou:

– Gostaria muito, mas não quero ser inconveniente.

Antes que eu pudesse responder, a moça da rodoviária disse:

– Tenho certeza de que não será; marquem um dia.

Eu resolvi ganhar tempo e marquei para a semana seguinte; até lá eu saberia como agir.

Na rua a confusão continuava. O rapaz de roupa preta passou puxando a moça de vestido preto pela coleira. Dessa vez passaram ao meu lado e pude ver a tristeza no olhar dela e o brilho do poder no olhar dele. Fiquei absorta analisando o casal e esbarrei no senhor carregando o papagaio no ombro. Pedi desculpas e o papagaio respondeu: "Tudo bem", ao mesmo tempo em que o senhor falou: "Não foi nada, senhora".

O cemitério particular mantinha tudo fechado, e o cortejo da vizinha da frente postado na calçada. Os familiares afirmavam terem o documento de compra de um espaço junto à irmã da falecida. Elas fizeram uma promessa de permanecerem juntas, e a vizinha da frente nem se preocupou quando o estrangeiro comprou o cemitério, porque acreditava que viveria anos e nesse tempo o impasse seria resolvido. Um primo da falecida vizinha da frente esbravejava:

– Bobagem ficarem juntas! Elas não podem mais conversar, nem se aquecer no inverno; ao contrário, só ficam mais geladas. A recém-chegada nem gostaria de ver a outra só no osso. Quando eu morrer, quero ficar bem longe dos conhecidos; prefiro que guardem na memória eu assim, lindo.

Foi vaiado. Mandaram-no respeitar os mortos.

O cortejo da velha viúva foi tranquilo. Todos sabiam do seu desejo de morrer. Todos viram o sorriso estampado na face. Ela foi a sétima a comprar sepultura no cemitério do irmão do prefeito. Acreditava que morreria quando a próxima criança nascesse e não pretendia ficar na calçada esperando resolverem onde seria enterrada. Então ela foi ao cemitério antigo com binóculo, escada, fita métrica e pediu aos capangas que a deixassem medir a distância do túmulo do marido até a calçada. Depois, marcou a mesma medida no terreno do cemitério novo. Em seguida subiu na escada e com o auxílio do binóculo determinou um ângulo onde pudesse enxergar o marido a 7 palmos do chão. Após tudo calculado, comprou o sepulcro. O irmão do prefeito conseguiu convencê-la a comprar três sepulturas; assim poderia se adaptar caso algum túmulo impedisse sua visão. Ela achou razoável. Apesar de todos os cálculos, poderia haver uma pequena diferença. Assim, a sétima compradora de sepulturas no cemitério novo acabou sendo a primeira a ser enterrada, atravessada e ocupando as três sepulturas.

A mulher do taxista procurou o irmão do prefeito e pediu um desconto, pois o marido estaria inaugurando o cemitério. O homem sem coração, como foi chamado pela família da viúva, disse:

– Estarei fazendo um favor em manter o preço oferecido na semana passada. Devido à procura das últimas horas os espaços mortuários aumentaram o valor em 7%. Estou até pensando em comprar mais terra; cemitério é um grande negócio. A única coisa certa nesta vida é a morte, ninguém escapa. Venderei no mínimo 7 mil espaços, fora pessoas vindas de outras cidades. Imagina daqui a 50 anos! Estarei rico.

– E usando uma das suas covas. Ou o senhor ficará para semente? – Acrescentou o cunhado da viúva, irmão do falecido.

Depois de muito argumentarem, o homem não abriu mão dos 7%, mas parcelou o valor em 7 vezes sem acréscimo. Assim, o taxista e a velha viúva foram enterrados no mesmo dia, não sem antes acontecer o inusitado velório do taxista. Ele fez a mulher prometer, caso ele morresse antes dela, que fosse velado em pé, pois, se não estivesse realmente morto, poderia ressuscitar. Assim a viúva do taxista manteve o marido morto de boné, óculos escuros e amarrado a uma coluna na casa deles, e cada pessoa que chegava para a derradeira despedida era acometida de um susto ao se deparar com o falecido. Alguns até afirmaram terem percebido ele sorrir quando os viu.

Terminando o enterro do taxista, o irmão do prefeito, depois do discurso de inauguração, resolveu fazer uma venda corpo a corpo aos familiares da falecida vizinha da frente, um plano sem carência, pois ela tinha um título de compra do cemitério antigo.

– Carência! Do que o senhor está falando? – Perguntou uma prima da falecida vizinha da frente.

– Nunca ouviram falar de carência? Quem compra com antecedência tem facilidades, descontos, merece ter vantagens em relação a quem compra na hora, por isso cobramos carência. Mas no caso de vocês, que a defunta, perdão, a falecida já havia comprado seu espaço no cemitério antigo, posso vender sem carência com desconto de 7%, calculado sobre o valor de hoje dos buracos, digo dos espaços mortuários.

O tal primo que se acha lindo concordou; por ele estava tudo certo; pagariam o novo local, e pronto! O resto era besteira. Dinheiro não era problema. A falecida vizinha da frente não teve filhos e tinha a casa, móveis e utensílios para serem vendidos. Comprariam um túmulo muito bom, e o restante os parentes herdeiros poderiam dividir. Alguns parentes olharam torto para ele e afirmavam:

– Não brigamos pelo gasto. Imagina, nem estamos pensando no dinheiro da prima, apenas queremos fazer a última vontade dela, descansar para sempre junto da irmã.

– Mas isso não será problema. Tenho uma cliente que fez todos os cálculos e descobriu uma maneira de se comunicar com o falecido marido enterrado no cemitério antigo. Ela poderá explicar para vocês.

– Mas não é a velha viúva que acabou de ser enterrada? – Perguntou o primo que se acha lindo.

– É de fato, mas eu a vi calculando e posso fazer o mesmo para vocês.

Havia uma líder entre os familiares da falecida vizinha da frente, a primeira a chegar na casa. Ela olhou todos os detalhes, analisou o tecido do sofá e salientou o excelente estado da televisão; as janelas precisavam apenas de pintura, mas eram de qualidade. Abriu gavetas, armários, até a outra prima questionar: "Não vais olhar a morta? Já percebeste a falecida no sofá? Viemos aqui vesti-la para o enterro".

Pois essa prima líder deixou o irmão do prefeito falando sozinho e bradou que entrariam no cemitério de qualquer jeito; ela seria a primeira, já que não existiam autoridades competentes: o prefeito estava comprado pelo irmão, o delegado só podia manter a ordem e não tinha um mandado para invadir o cemitério antigo. Ela argumentava tudo aos gritos. Então se postou em frente ao portão e garantiu que entraria. Todos aplaudiam. Os curiosos assobiavam, queriam incitá-la a seguir adiante. Ela estufou o peito, colocou-se na entrada do cemitério e gritou:

– Estou ordenando! Abram esse portão!

Então as folhas do portão foram se afastando e as pessoas conseguiram enxergar os túmulos. Ela olhou para trás, encarou a multidão triunfante, e quando virou para frente, lá estavam lado a lado 7 cachorros pretos, os olhos brilhantes, dentes à mostra, rosnando, as patas dianteiras levantadas. Os animais eram mantidos por 7 homens fazendo força para segurá-los. A líder parou. Os familiares se jogaram para trás. A multidão se calou. Alguém gritou:

– Sai daí! Quer morrer também?

A mulher aproximou-se dos parentes e disse:

– Pensando bem, é melhor aproveitar o desconto oferecido pelo irmão do prefeito. Além de estarmos praticando a política da boa vizinhança, será um prazer negociar com um parente da maior autoridade da cidade. E não vamos perder tempo; não seria agradável um enterro à noite. Há dois defuntos recém se acostumando com a ideia dos 7 palmos de terra sobre eles.

Assim o cemitério novo foi inaugurado com três sepultamentos. Os vendedores ambulantes estavam satisfeitos e o irmão do prefeito radiante, fazendo contas.

A tempestade

Eu voltava para casa, o céu escurecia, as nuvens tornavam-se cinzas, o vento movimentava as árvores. O senhor calvo de bigode branco colocou-se ao meu lado e disse:

– Então, senhora turista, o que estás achando de tudo isso? Já viste o suficiente? Presta atenção! Nesta noite, haverá mais uma prova; nada é por acaso.

Ele seguiu na direção contrária à minha. Em seguida a senhora de vestido preto, grisalha e sisuda cruzou por mim e disse:

– Boa tarde, moça. Aproveita este final de dia tranquilo e preparem-se para a noite.

Mais uma vez eu havia cruzado com os habitantes misteriosos: a senhora de vestido preto, grisalha e sisuda, a moça da rodoviária, o senhor calvo de bigode branco; faltava o jovem sardento e ruivo. Quem os paga para me seguirem? De novo estava acreditando; eu era o centro das atenções; alguém montaria uma cidade macabra e pagaria pessoas para me enlouquecer.

Foi o quanto minha irmã chegou. Um vento forte cortou a rua. Logo haveria um vendaval; fechamos as janelas e colocamos o vira-latas para dentro de casa. A luz se apagou. O vento atravessava as frestas da janela e movia o fogo das velas. De repente uma tufada ainda mais violenta; as velas se apagaram. Senti medo e lembrei da senhora de vestido preto, grisalha e sisuda falando: "Aproveita este final de dia tranquilo e preparem-se para a noite." Sugeri ficarmos juntas; a casa parecia destelhar-se. Minha irmã explicou que o vale é protegido, os morros são altos e era difícil ocorrer uma ventania forte assim; disse nunca ter visto algo parecido. Espiamos de novo, e o vento fazia redemoinhos, levantava a poeira do chão. De repente, gritaria... Os vizinhos passaram correndo para a casa do outro lado da rua, o telhado deles levantou, e só não causou um estrago maior porque ficou preso num ponto. Ouvimos o vira-latas latir apavorado; eu continuava olhando pela fresta da janela, quando levei o maior susto da minha vida: surgiu na fresta um olho enorme arregalado, um dente canino reluzente e uma rosnada de fúria. Caí para trás. Minha irmã olhou na janela e viu os 7 cachorros pretos se afastando. Em seguida, relâmpagos iluminaram o céu e a chuva caiu pesada, farta.

A luz não voltou, a rua se alagou e a água subiu na calçada. Nós aguardamos imóveis e sentimos medo até de falar.

Ela disse que aproveitaria o momento para me falar do número 7. Trouxe anotações, aproximou o papel da vela e leu:

Segundo a religião, o número 7 é considerado divino. Há 7 maravilhas no céu, assim como existem 7 infernos a serem destinados aos pecadores. O 7, também chamado o setenário, é o número sagrado em todas as filosofias, em todas as religiões, desde a mais remota antiguidade. Muitas referências provam ser o 7 um número cercado de mistério: são 7 os dias da semana, as 7 cores do espectro solar (arco-íris), as 7 notas musicais, as 7 maravilhas do mundo antigo, os 7 planetas da astrologia esotérica, os 7 pecados capitais, os 7 chacras. O gato tem 7 fôlegos ou 7 vidas. Os 7 dias para a criação do mundo, os 7 palmos das sepulturas. O número 7 é particularmente venerado por todos os místicos. O número 7 é dotado de virtude e poder. Aparece centenas de vezes na Bíblia; por exemplo; são 7 anjos, 7 candelabros, 7 selos, 7 igrejas, 7 trombetas, 7 cartas de Jesus, 7 tochas, 7 trovões, 7 pragas, entre outros. Cabalistas têm reverenciado esse número. A natureza é composta por 7 céus e 7 mares. São 7 semanas da Páscoa a Pentecostes; e há um ciclo de 7 anos, sendo o sétimo o ano de redenção, e, após 7 anos de redenção, vem o jubileu. O 7 é, pois, um número redondo. Perdoar 7 vezes indica perdoar de tudo completamente. Na tradição hebraica, o 7 representa perfeição e completude.

– Até a Branca de Neve tem 7 anões. – Completou minha irmã, rindo dela mesma por ter acrescentado os 7 anões à lista. Aproveitei a descontração e disse:

– Já me convenci. O número 7 é de fato mais importante, mas continuo sem entender o que tem a ver com a tua vida.

– Ainda não tenho certeza, mas muita coisa nesta cidade tem a ver com o número sete: 7 queimados, 7 assassinatos, 7 mantidas na casa dos sequestrados, a cabeça na praça aparece nos dias 7, a possibilidade de sermos 7 grávidas virgens. Um dia fará sentido.

A tempestade parou, mas a luz não voltaria naquela noite, tudo indicava. Minha irmã quis ler para mim uma história que uma senhora, vendedora na feira, havia dado para ela. A vela fazia sombra no papel, mas conseguimos ler. Era uma história sobre 7 cavaleiros torturados e assassinados. Numa noite de verão, a lua estava cheia, o vento morno, e eles resolveram caçar. Foram prevenidos para não passarem próximo das terras dos inimigos. Eles se distraíram com a caçada e se aproximaram demais. A sentinela, percebendo a aproximação, correu a avisar da presença dos cavaleiros. Em seguida foi mandada uma escolta para trazê-los na presença do comandante. Foi determinado que viessem caminhando ao lado dos cavalos, ou arrastados por eles caso não conseguissem mais andar. Deveriam chegar vivos. Assim os 7 cavaleiros surgiram exaustos, implorando água, com as roupas rasgadas e os cotovelos, mãos, faces, joelhos em chagas.

– Água, água... – Repetiam.

– Se estivessem nas suas terras poderiam beber. Aqui só quando eu ordenar.

– Água, água... – Repetiam.

O líder mandou buscar água dos coxos dos animais. Os soldados trouxeram os baldes com muita baba, sujeira, cuspiram antes de colocar na frente dos 7 cavaleiros, e eles beberam desesperados. O líder ria e afirmava:

– Essa humilhação é apenas o início.

Serviriam de exemplo para outros não cometerem o mesmo atrevimento. Mandou jogar os cavaleiros num calabouço sem comida e duas vezes por dia receberem água suja. No terceiro dia ofereceu alimento dos coxos, uma lavagem fedorenta. Eles encheram as mãos e enfiaram na boca, vomitando em seguida. O líder entendeu que eles poderiam morrer antes de serem torturados, o que não poderia acontecer. Convocou o povo. Disse ter um presente para eles. Ordenou aguardarem na praça, trazerem facas, tesouras, porretes e darem aos cavaleiros o merecido pela ousadia. As centenas de pessoas aglomeradas na praça gritavam palavras de ordem:

– Matem! Matem! Torturem.

Quando os guardas jogaram os 7 cavaleiros no meio da multidão, a euforia foi tanta que muitos se feriram, mas nem sentiram; o ódio anestesiava. Saciados, os algozes se afastaram e deixaram os guardas recolherem o que restou dos cavaleiros. Os restos mortais foram largados na fronteira. Junto aos corpos mutilados, foi deixada uma carta descrevendo o martírio em detalhes.

Ficamos um tempo em silêncio. Senti medo da sombra dos nossos corpos na parede. Comentei sobre a péssima ideia de ler algo tão triste e violento numa noite de tempestade, sem luz. Resolvemos nos preparar para dormir. Enquanto levantávamos e cada uma pegava uma vela, minha irmã fez questão de comentar:

– Incrível! Eram 7 cavaleiros!

Cemitério desmoronado

No dia seguinte chegaram as notícias. Casas destelhadas, árvores caídas sobre calçadas, carros, muros... Mas o incrível foi a notícia do cemitério. Uma avalanche de água derrubou o muro do cemitério particular e trouxe muita lama. Quando o coveiro chegou ao local, encontrou a velha viúva sorrindo ao lado do marido. Apesar de a lama ter transportado a senhora, ela permanecia com a roupa limpa, batom nos lábios e dentes brancos à mostra. A falecida vizinha da frente estava ao lado do túmulo da irmã, e os olhos, antes arregalados, estavam fechados. O taxista permaneceu no local onde foi enterrado. Os familiares e os amigos foram convocados. Eu me considerei convocada como amiga da vizinha da frente, agora falecida.

Chegando no cemitério novo, o coveiro já havia enterrado novamente a falecida vizinha da frente e a velha viúva atravessada. Alguns afirmavam terem assistido o primeiro sepultamento da velha viúva ocupando os três espaços e juravam: dessa vez, o coveiro, certamente instruído pelo irmão do prefeito, dobrou a falecida, para que ocupasse apenas dois espaços. E ao serem questionados por que permitiram, eles responderam: tentamos impedir, mas o coveiro nos ignorou. O irmão do prefeito deve ter prometido dar a ele parte do dinheiro arrecadado com a venda do terceiro espaço.

O padre realizou outra bênção aos mortos, alegando terem sido enterrados em meio à confusão; não descansariam em paz se não houvesse muita oração. Outros tinham certeza de que, apesar das preces, aconteceria de novo. O viúvo não aceitou a decisão da velha viúva de ser enterrada no cemitério novo; eles tinham um pacto de ficar juntos na vida e na morte. Ele causaria tempestades até deixarem a esposa com ele. Novamente se instalaram os vendedores ambulantes. O padre, o mesmo que exorciza *gay*, casa viúva e não batiza fetos mortos antes dos cinco meses, postou-se na calçada e gritou:

– Farei como Cristo quando expulsou os fariseus do templo. Expulsarei todos vocês. Precisamos de silêncio e paz para nossas orações. Vocês não têm respeito.

As cartas encontradas

E o padre ainda falava quando as crianças chegaram gritando:

— Venham ver o que nós encontramos lá no fundo do terreno.

Todos correram cemitério novo adentro. Inclusive eu não queria perder coisa alguma. Paramos em frente de centenas de cartas espalhadas. Ninguém entendia. As pessoas começaram a vasculhar; algumas gritavam nomes de pessoas que deveriam ter recebido as cartas; o prefeito tentava organizar a multidão e gritava:

— Não toquem! Deixem os funcionários do correio recolher, e eles entregarão as cartas o quanto antes, eu garanto.

Uma senhora pegou uma carta e gritava:

— O noivo da minha filha... É do noivo da minha filha; a carta é para ela. Eu sabia, ele não iria abandoná-la... Preciso avisá-la.

A jovem de vestido florido pegou uma carta e escondeu rápido na bolsa; não sei se outras pessoas perceberam. Seria para ela? Crianças jogavam cartas para cima; alguns se irritavam e repetiam:

— Obedeçam ao prefeito. Aguardem os funcionários do correio.

De repente chegou uma mulher chorando, atirou-se sobre as cartas gritando:

— Preciso achar alguma do meu marido. Sei que ele não me abandonou.

Alguns tentaram afastá-la da pilha de cartas; ela se desvencilhou e ameaçou:

– Eu mato quem cruzar meu caminho.

Um senhor comentou com tranquilidade:

– Finalmente saberei se minha irmã me perdoou. Deve ter uma dela aí. Jamais me deixaria sem resposta, mesmo sendo para me destratar. Outro, pegando um envelope, acenou para a senhora ao meu lado e disse:

– Comadre, achei uma para ti, dos parentes da capital.

E a confusão continuava, todos querendo saber se identificavam os destinatários. Então chegou o funcionário do correio e foi logo gritando:

– Afastem-se! As cartas serão recolhidas e será apurado como foram parar aí e como permaneceram intactas sendo expostas à chuva.

Então um adolescente falou:

– Como chegaram aqui eu não sei, mas como estavam protegidas eu vi. As cartas estavam dentro de sacos de lixo, em duas lixeiras de plástico. Eu falei para as crianças não mexerem, mas eles não me ouviram.

E o adolescente conduziu os interessados até o local. Sob uma árvore frondosa, estavam expostas duas lixeiras de plástico bem sujas e com terra dentro, uma bagunça. Certamente foram desenterradas pela avalanche.

Quem teria feito isso, era a pergunta de todos.

Voltei para casa. Em seguida a minha irmã chegou do trabalho. Relatei para ela o acontecido. Ela demonstrou certa preocupação e me fez perguntas: se eu sabia o período em que as cartas haviam sido enviadas, como estavam lá, e como seriam entregues. Ela parecia tensa. Ignorei esse fato e respondi:

– Ninguém sabe os detalhes. Será averiguado. Entre todos, chamou-me atenção uma senhora afirmando que a filha sairia do convento se soubesse não ter sido abandonada pelo noivo.

– Essa história é conhecida por todos. O rapaz dias depois do noivado partiu num navio para o norte; estavam recrutando soldadores com experiência. Três anos trabalhando numa fábrica lá equivaleria a 15 anos aqui. De comum acordo, o jovem noivo partiu. Depois de um ano sem cartas, ela deduziu que o rapaz havia morrido ou se apaixonado por outra. E todos concordavam com ela. Cogitaram a hipótese de extravio de carta, uma ou duas, mas não todas, e como ela mandava uma carta por dia, imaginaram ele fazendo o mesmo se estivesse vivo e apaixonado.

– Coitada! E ele também não deve estar entendendo nada.

– Verdade! Coitados! Mas vão se encontrar. Se Deus quiser!

– Havia uma outra senhora dizendo não ter sido abandonada e um senhor falando do perdão da irmã.

– Esses não tenho ideia quem sejam, mas com certeza muitas histórias incríveis estão guardadas naquele monte de cartas.

No restante da noite conversei banalidades. Eu simplesmente não conseguia falar das outras grávidas.

No dia seguinte chegou a explicação para as cartas acumuladas. Um carteiro brigou com a mãe, que fugiu para um estado do norte com um homem. Ele implorou para ela ficar, alegava ser filho único e não poderia ficar sozinho. Pediu para ir com ela, mas nada adiantou; ela partiu prometendo escrever todos os dias para ele. Passaram-se meses, e ele nada recebeu. Entregava correspondência para as pessoas e se revoltava com o sorriso delas. Um dia resolveu esconder as cartas, andava pela cidade com a sacola cheia de papel e algumas cartas para disfarçar, e as demais colocava no terreno baldio, atual cemitério novo. Ele vinha escondendo cartas há muito tempo, havia mais de dois anos com certeza. Pelo jeito pretendia encher mais lixeiras. Algumas pessoas até reclamaram no correio, outras se conformaram com o esquecimento, pois jamais alguém poderia supor tamanho absurdo.

Depois do jantar, continuamos debatendo o assunto das correspondências extraviadas, e eu concluí:

– Com certeza ficaremos sabendo de mais alguma história triste. Eu sempre penso no lado bom das coisas, mas esse extravio de cartas não tem como ter sido bom, não tem como uma notícia terrível ter sido evitada, porque notícia ruim sempre acaba chegando.

Agora é entre nós

Em determinado momento bateram à porta, minha irmã foi atender e um homem disse:

– Desculpa incomodar nesse horário. Estamos entregando as cartas apreendidas pelo carteiro, e como são muitas precisamos entregar até fora de hora, ou não daremos conta. Achamos essa com solicitação de retorno por endereço errado. Como várias estavam equivocadas, resolvemos checar antes de encaminhar ao remetente.

Por sorte cheguei na porta. Minha irmã leu o envelope, e estava afirmando que não havia ninguém com aquele nome, quando eu disse:

– Não estou te entendendo. Essa carta é para mim.

O funcionário do correio ficou desconfiado, pois uma dizia não haver ninguém com aquele nome na casa, enquanto a outra chega e afirma ser ela mesma. O homem não queria deixar a carta. Então eu apresentei um documento e provei ser a pessoa procurada por ele. Ele disse:

– Imagina, senhora, não precisa. Se a senhora afirma. Apenas eu não entendi como a dona da casa não sabe o nome da hóspede.

– Nós somos irmãs. Ela por algum motivo está mentindo. O senhor me dá licença para ver o remetente?

Após ler o verso do envelope, concluí:

– Como eu desconfiava, é do meu marido. Isso explica tudo.

Agradeci, fechei a porta e disse:

– Agora é entre nós, senhorita.

Minha irmã, sem me encarar, começou a falar:

– Recebi a carta enquanto estava sozinha em casa. Foi uma semana depois da tua promessa de voltar para a capital na semana seguinte. Eu me tranquei no quarto para dar uma espiada. Se o conteúdo fosse terrível, como imaginava, vindo de quem vinha, eu queimaria e deixaria por isso mesmo.

Fiquei furiosa. Não aceitei mais justificativas e disse:

– Depois decido o que farei contigo.

No quarto, abri a carta e lá estava:

> Escrevo essa carta para descrever minha indignação. Não sei mais como argumentar aos colegas e vizinhos quando perguntam se minha mulher já voltou da viagem. Fico sem graça e afirmo que tua irmã está muito doente, não pode deixá-la sozinha. Percebo a cara de desconfiados, e isso me irrita. Tenho almoçado no restaurante próximo ao trabalho. Estou com azia constante e até desenvolvendo uma úlcera. Acreditava que tinha uma esposa, que teria alguém para cozinhar minhas refeições. As roupas estão terríveis, me indicaram uma lavadeira e passadeira, mas ela não sabe passar como eu gosto. Casei para não precisar me preocupar com nada, organização da casa, compras, pagamentos de contas. Tenho ido ao supermercado, olhando para os lados com receio de ser visto pela mulher de algum amigo. Tenho enfrentado fila de banco no horário do almoço, ficando muitas vezes sem comer. É inacreditável. Depois de anos de dedicação e fidelidade, recebo em troca esse descaso. E te digo mais: há muitas mulheres querendo estar no teu lugar, tendo o privilégio de não precisar trabalhar, sendo sustentada por mim.
>
> A minha paciência está esgotando; te darei um prazo: se em uma semana não estiveres aqui, não precisa voltar. Mandarei entregar as

> tuas roupas, os únicos bens a que tens direito; afinal, abandonaste o lar. Nem quero pensar na hipótese de minha família saber desse abandono, sem maiores explicações e eu te aceitar de volta... Que desmoralização! No aguardo do teu retorno o quanto antes.
>
> Teu marido.

Nem é necessário dizer o quanto fiquei abalada. Não sabia se brigava com a minha irmã por ter me ocultado, me tirado a chance de reagir ou se apenas chorava. O tal prazo dado por ele já havia encerrado. Eu sabia o quanto ele se preocupava com a opinião dos outros; não me aceitaria de volta. E ele tinha razão, pois eu era sustentada por ele, não tinha emprego. Casei por amor, e acreditava ser recíproco, mas pelo dito na carta parecia nunca ter me amado. Precisava tomar uma atitude, mas não sabia nem por onde começar, tudo entrelaçado e ao mesmo tempo tudo solto. Enquanto eu me debatia em pensamentos, minha irmã bateu na porta e antes da minha autorização já estava dentro e falando:

– Desculpa. Errei. Jamais poderia interferir tanto na tua vida, mas eu senti um impulso incontrolável de ler o conteúdo da carta.

Diante do meu sorriso irônico, ela continuou:

– Juro que não foi um impulso de curiosidade; foi uma certeza; minhas mãos agiram antes do pensamento. E quando li o teor da carta entendi que precisava intervir ou tu voltarias para ele correndo, sem medir as consequências. Depois de pensar muito, deduzi que, mandando de volta como se o endereço estivesse errado, ele poderia voltar atrás, sei lá, ou pelo menos demoraria um tempo até ele mandar novamente. O plano era perfeito. Ele acharia que o endereço estava errado e só restava aguardar teu telefonema ou tua volta, na melhor hora para ti e não por imposição dele. Ninguém poderia imaginar o extravio de cartas. E agora não sei como me desculpar. Tens razão de ficar indignada comigo.

– Vou ser sincera contigo: estou muito atrapalhada; não esperava palavras tão rudes, atitude tão egoísta. Mas, por outro lado, ele está muito ressentido, se sente abandonado, é um homem com orgulho ferido.

Minha irmã estendeu a mão e pediu se podia ver a carta; queria me mostrar detalhes. Perguntei se já não bastava e pedi para ficar sozinha. Li e reli. Ele não deixava dúvidas: casou comigo para ter uma empregada, governanta, organizadora da vida dele, e eu procurava satisfazê-lo em tudo. Eu achava que, se a vida dele fosse perfeita, seríamos felizes; ele estaria sempre satisfeito e orgulhoso; eu estaria também com a certeza de ser bem-sucedida na minha escolha: ser esposa. A vida passaria sem percalços, e tudo estaria resolvido. Bastou eu chegar nesse lugar bizarro, e tudo virou do avesso. Estava perdida. O que faria? Como voltaria para a capital? Pediria meu emprego de volta ao primo e um lugar para ficar até receber o primeiro salário? Senti uma náusea terrível e regurgitei. Vomitei o jantar, o almoço, o café da manhã, as inseguranças, as mágoas, as raivas, vomitava todas as cores e todos os cheiros, e fui me encolhendo, apertando braços e pernas, sumindo de mim e por mim. Depois devo ter desmaiado. Acordei deitada no chão do banheiro, e minha irmã dizendo:

– Por sorte a porta estava destrancada. Assim pude te atender quando ouvi o barulho. O que houve? Como estás pálida! Queres que chame o doutor? Precisa ajuda para te levantar?

– Chega! – Falei. Não gritei porque não tinha força. – Me ajuda a ir para a cama.

Encontros e histórias

No outro dia resolvi ir até a igreja. Sentei-me para rezar, e lá estava a professora homossexual. Quando me viu, veio ao meu encontro e disse:

– Preciso te contar: procurei a viúva virgem e ela afirma estar grávida do falecido. Enquanto o bebê não nascer, não saberemos se fala a verdade ou se enlouqueceu. Estou apavorada. O que está acontecendo? Como eu vou criar o meu bebê?

– Calma! Tudo vai dar certo.

– Venho aqui todos os dias procurando respostas e paz de espírito. Este é o lugar onde pessoas boas se encontram. Há uma senhora grisalha, sisuda num primeiro contato, mas é gentil. Contei minha história e ela me disse: "Minha filha, nada nesta vida é por acaso. Confie, e tudo dará certo. Essa criança fará diferença no mundo e na tua vida. Um bebê comum não nasce de uma mãe virgem." Só o fato de ela acreditar na minha virgindade já me ajudou. Outro dia, um rapaz ruivo e sardento sentou-se ao meu lado e disse que eu sou especial. Acabei falando do bebê, e ele me deu os parabéns, acrescentando estar muito honrado de se sentar ao lado de uma das escolhidas. Não quis me esclarecer, mas isso me deu um alívio, uma esperança de encontrar outras grávidas virgens e elucidar o mistério.

Nessa hora me esforcei para disfarçar meu desconforto. Devo ter conseguido, pois ela continuou:

– Dias depois, quando passava a mão na barriga e começava a me desesperar, uma moça sentou-se ao meu lado e sussurrou: "Benditas as mulheres escolhidas para tão nobre tarefa. A maternidade é a grande demonstração do amor incondicional." Quando eu ia perguntar como sabia da minha gravidez, a moça partiu. E quando levantei-me para ir embora, esbarrei num senhor calvo de bigode branco; ele pediu desculpas e acrescentou: "Esbarrar numa senhora grávida é desastroso; espero não ter molestado". Enquanto puder, virei aqui todos os dias, sempre saio leve.

– Que bom! – Falei.

Despedi-me dela e, enquanto aguardava o táxi, fiquei pensando sobre os quatro moradores misteriosos do vale estarem sempre envolvidos. Eles também aparecem para as grávidas. Seriam eles os quatro vultos do sonho repetido da minha irmã? Enquanto pensava, o taxista estacionou e o senhor com o papagaio no ombro atravessou a rua. Quando entrei no carro fui logo perguntando sobre o tal senhor e sua ave. O taxista me contou a história inusitada:

– Ele procurou veterinário, macumbeiro, benzedeira, psiquiatra, e não conseguiram fazer o papagaio sair do ombro. Ele tentou se livrar do bicho porque é impedido de frequentar lugares fechados; até na igreja o padre proibiu; disse não poder abrir exceção, pois bastará verem o papagaio na igreja e aparecerão animais de estimação para receberem bênçãos. A única chance de ele se livrar do papagaio seria matando. Ele não abandona o homem nem durante o banho.

– E como ele veste a roupa?

– Ele precisou aumentar as golas das camisetas, não fechar os primeiros botões das camisas e deixar o papagaio para fora. A ave parece ter cravado as garras no homem. Ele andou falando com um cirurgião; pensaram em anestesiar os dois, cortar as garras do pássaro da pele do homem, mas aí teria que matar o papagaio.

– Que situação estapafúrdia!

– Pois é, e para complicar, o homem diz ter uma dívida de gratidão com a ave, pois ele delatou a esposa traidora.

– Sério? Como assim?

– Um dia, quando ela saiu de casa, o papagaio falou: "Namora o padeiro". Ele, intrigado, passou dias seguindo a mulher, e um dia flagrou ela e o padeiro se beijando.

– Inacreditável!

– Como tantas outras coisas neste vale. De uns anos para cá têm acontecido muitos fatos inexplicáveis.

– E o senhor do papagaio, como resolveu agir?

– Enquanto ele estava sofrendo pelo término do casamento, o papagaio sugeriu que ele convidasse a vizinha para tomar sorvete. O homem tentou, mas a timidez o impedia, então a ave falante se encarregou de convidar a mulher, que aceitou de bom grado. Assim, ao mesmo tempo em que ele gostaria de se livrar da ave, ele criou um afeto e não consegue matá-lo. Então ele pesquisou e descobriu que um papagaio pode viver até 80 anos e deduziu que seria enterrado com ele no ombro. Um dia, caminhando na calçada, o homem tropeçou. Olhou para o chão e havia uma pedra envolta por um papel. Ele pegou o papel, desdobrou e leu: "O papagaio sairá do seu ombro em breve". Sendo assim, o homem se conformou e parou de procurar maneiras de se livrar da ave.

– Quem pode saber quando o papagaio vai abandonar o homem?

– Boa pergunta. Mas ninguém sabe responder, a não ser, é claro, quem escreveu.

De repente o taxista parou o carro, apontou para uma casa azul com a porta e as janelas fechadas e me perguntou:

– Sabes quem mora nessa casa?

– Eu achei que estava abandonada. Não tem movimento algum. Já passei aqui em horários diferentes e está sempre toda fechada. Contudo, me chamou a atenção o jardim impecável, as flores bem cuidadas e o pátio limpo.

– Vou te contar a história da eterna *miss* da cidade, a mulher mais linda, rainha do clube, rainha de todas as festas. Até completar 50 anos, circulava pelas ruas; depois disso, há meses, ela decidiu esconder sua decadência, para todos guardarem na memória a beleza de outrora. Quando algum entregador toca a campainha, ela coloca um véu escondendo o rosto antes de abrir e esconde o corpo atrás da porta.

– Coitada, não está sabendo envelhecer. Deve estar deprimida.

– Mas não é só isso; a história é longa e triste.

O taxista concluiu, já chegando na casa da minha irmã. Paguei o motorista, agradeci a conversa e pensei em voltar para o táxi, me esconder, quando vi em frente à casa a moça de cabelo preso com fita colorida. Estava à minha espera. Ofereci um café, conversei um pouco, mas não fui muito agradável, para ela ir embora logo e não encontrar a minha irmã. Comprei uns guardanapos e a levei até o portão. A moça da rodoviária passou enquanto me despedia dela e disse:

– Deixa o teu endereço; se quiserem falar contigo vão saber onde te encontrar.

Dei a ela papel e caneta; ela anotou o nome da rua e o número da casa, agradeceu e foi embora. A moça da rodoviária, olhando para mim, disse:

— Guarda bem este papel; a tua irmã ficará muito triste se não der oportunidade de elas se encontrarem.

Aguardei ansiosa minha irmã chegar para saber mais sobre a eterna *miss* da cidade. Coitada, outrora tão linda e paparicada e agora enclausurada.

Minha irmã, então iniciou falando:

— Chegaram para morar naquela casa quatro mulheres, a mãe e as três filhas. Não falavam sobre o pai, mas as fofoqueiras descobriram que o homem abandonou as quatro e foi morar com a nova mulher noutro estado. E, segundo a irmã mais nova contou para uma colega, a eterna *miss* era a preferida dele e foi a que mais sentiu o abandono do pai.

— Coitada, há pessoas que não superam, se acham rejeitadas. Se eu tivesse oportunidade, diria a ela para esquecer o traste. Essas criaturas que abandonam, na verdade, fazem um favor. Pois livram os abandonados da sua presença nefasta.

— Mas não foi só isso. Quando ela conquistou o concurso de mulher mais bonita do estado, um ator famoso da época se disse apaixonado. E no período em que ela passou na capital do país, em função da competição nacional, eles namoraram. Saíram em capa de revista, notícia de jornal. O nosso vale foi citado.

— Até o vale ficou famoso. Imagino a vibração dos moradores.

— Sim, mas infelizmente durou pouco. Ela ficou em segundo lugar, pois não teve a cultura exigida para representar o país no concurso *Miss* Universo. Apesar de ser a mais bonita, não ganhou. O ator famoso terminou o namoro com ela na mesma noite, alegando ter ficado decepcionado com o desempenho dela na competição. Dias depois, o malandro já estava circulando com a vencedora do concurso. As amigas tentaram convencê-la de que o ator era um canalha e não a merecia. Mas ela se enclausurou por umas semanas com depressão.

– Coitada, mais uma decepção.

– Um ano depois desse episódio, a irmã mais velha casou-se e mudou para outra cidade. A eterna *miss* voltou a circular e conheceu um arqueólogo. O rapaz mudou-se para o vale por uns meses, enviado pela universidade estadual. Veio confirmar se era boato ou se de fato havia fósseis próximos às montanhas que circundam o vale. A paixão foi à primeira vista. Circulavam pela cidade de mãos dadas. Ele orgulhoso com a namorada mais linda, ela orgulhosa com o namorado arqueólogo. E tudo era felicidade. Até a esposa do arqueólogo aparecer de surpresa no vale.

– Meu Deus! Pobre moça!

– Sim, pobre moça. Mas tem mais. Depois de mais um tempo enclausurada, a mãe da eterna *miss* precisou consultar um especialista na capital. Então, as três foram para o apartamento de uma tia, onde as duas irmãs conheceram dois irmãos, vizinhos no prédio. A mãe teve diagnóstico de câncer, precisou ir muitas vezes à capital, e as filhas sempre junto. Nessas idas para o apartamento da tia, começaram a namorar os dois irmãos. Já namoravam há mais de um ano quando os rapazes vieram visitá-las num final de semana. O namorado da eterna *miss* veio dirigindo. Ele correu demais, capotou o carro e morreu na hora. O irmão teve fraturas, mas ficou bem.

– Mas isso não é uma história, é uma saga.

– Concordo contigo. E a saga continuou. A mãe morreu, a irmã mais nova se casou e foi embora para a capital. No início, as irmãs vinham de vez em quando com as crianças visitar a tia. E numa dessas vezes, a irmã mais velha aconselhou a eterna *miss* a procurar o padre, conversar com ele. O padre da época regulava de idade com ela. Era um sacerdote muito calmo, afetuoso com todos. Ele se dispôs a ouvi-la sempre que precisasse. Num dos encontros ele passou a mão no rosto dela, noutra ocasião pegou a mão dela. E a eterna *miss* contou para a irmã mais nova, afirmando que ele largaria o celibato por ela. A irmã mais nova, apavorada com a interpretação errônea da eterna *miss*, resolveu falar com o padre, prevenindo-o.

– Que confusão!

– Exatamente, no próximo encontro da eterna *miss* com o padre, ele comentou sobre as palavras da irmã dela. A coitada sentiu a maior de todas as humilhações e ficou anos enclausurada. Mas abria as janelas para circular o ar e saía de vez em quando para as compras. Eu cheguei a cruzar por ela no mercado, e não há como ignorar a beleza da eterna *miss*; nem parece ter 50 anos. Mas os que a conheceram, consideram-na envelhecida, nada lembrando a belíssima *miss* de outrora. Então, quando completou 50 anos, ela se fechou de vez. O jardineiro recebe o dinheiro pela porta semiaberta e ele faz as compras para ela. Como não chegou a casar, manteve a pensão do pai com a qual ela sobrevive.

– Mais uma história maluca desse vale. Ela pretende viver os anos que restam fechada? Nem o sol entra em casa. Pobre mulher, foi do sucesso à decadência, muito triste. Poderíamos falar com ela, oferecer nossa amizade.

– Já tentaram. Ela agradeceu, mas não abriu a porta.

– Gosto de ouvir as histórias narradas por ti. Não esqueces um detalhe. Nem percebo o tempo passar, até olhar no relógio e ver que está na hora de dormir.

A biblioteca

Resolvi ficar em casa uns dias. Não queria encontrar o rapaz ruivo e sardento, nem a moça da rodoviária, muito menos a senhora de vestido preto, grisalha e sisuda ou o senhor calvo de bigode branco. Não queria saber se as duas grávidas estavam bem ou não, se a professora homossexual havia contado seu segredo, se a viúva virgem estava grávida do falecido ou do vizinho; não queria ouvir histórias de queimados, assassinados, sequestrados, defuntos querendo ficar juntos, dedos enterrados, cabeça na praça, mortes associadas a nascimentos, nada; só queria silêncio. E com receio de pensar no marido e sofrer, resolvi pegar uns livros na biblioteca e ler muito. Desci do táxi em frente ao prédio da Biblioteca Pública. Subi lentamente a escada com 7 degraus. Ao entrar, uma mulher magra de cabelos cacheados e olhos negros me recebeu:

– Seja bem-vinda. Estava à tua espera. Tenho este livro para te entregar. **Eles** deixaram aqui, com o bilhete dizendo: na quarta-feira, às nove horas e 7 minutos uma moça com gesso na perna virá buscá-lo. Tu és pontual. Quando li o bilhete, pensei: quem seria tão preciso?

– Deves estar enganada. Não encomendei livro algum.

– Pode ser, mas **eles** determinaram: entregar para a moça de gesso na perna; ela entrará na porta às nove horas e 7 minutos. A moça entrou exatamente às nove horas e 7 minutos e tem gesso na perna.

Ela terminou de falar e olhou para minha perna. Não disfarçou o desapontamento. Aproveitei a fragilidade dela e acrescentei cheia de pose:

– Não sei onde estás vendo gesso, ou seja, escolheu a pessoa errada. Acho melhor não insistir, porque de qualquer forma não levarei livro não escolhido por mim.

– Tens razão, não posso obrigá-la. Escolha os de sua preferência. Encontrarás por assunto e ordem alfabética. Há um pouco de bagunça; não dou conta sozinha. Se souberes de alguém bom em organização, estamos precisando de uma funcionária para a Biblioteca Pública.

Nas prateleiras, encontrei livros interessantes de filosofia, história, literatura nacional e internacional, direito, línguas estrangeiras... Surpreendi-me com a variedade e quantidade de livros. Com muita calma escolhi alguns e sai ansiosa para começar a ler.

Na rua cruzei pela moça da rodoviária; ela sorriu e falou:

– Era para estar com gesso no tornozelo.

Fingi não perceber a observação. Ela continuou:

– Sugiro que leia com atenção o livro e apresente sua irmã para as outras grávidas. Já estás levando a teimosia longe demais.

E se afastou rápido, nem consegui responder. Melhor assim, pensei. Em casa, preparei um chá, me sentei, enfiei a mão na sacola para pegar os livros e havia mais um. Isso é um absurdo, pensei; ela colocou na sacola junto com os outros livros. Estão muito enganados comigo; não vão me manipular; jamais vou ler esse livro. Coloquei de volta na sacola, sem ler o título, e deixei os demais sobre a mesa da sala. Resolvi levar de volta naquela hora, para deixar claro que não havia lido. Entrei na biblioteca. A recepcionista sorriu e falou:

– Vieste buscar os livros indicados?

Eu, furiosa, depositei o tal livro indesejado sobre o balcão e disse:

– Estou devolvendo o *indicado*; jamais me farão ler uma linha se eu não quiser.

– Acredito! – Ela respondeu com um sorriso irônico.

Constrangida, só pude rebater:

– O recado está dado. Faça como quiser.

Enquanto eu descia as escadas, ela gritou:

– Pensa no emprego de bibliotecária.

Estava com muita raiva e fingi não ter ouvido. Voltei por outras ruas, de cabeça baixa. Estava decidida que não falaria com pessoa alguma, mesmo sendo abordada. Em casa, me sentei no sofá, pensando em tudo que estava acontecendo desde a minha chegada no vale. Considerei a vaga para funcionária da biblioteca. Afinal, eu precisava de emprego, fazer alguma coisa, me sustentar, e não queria voltar para a capital, não agora com minha separação tão recente e ocorrida sem trocarmos um par de palavras.

Minha irmã chegou em casa e falei com ela sobre aceitar o emprego em regime de experiência, alguns meses até o nascimento do meu sobrinho. Ela achou fantástico, me abraçou emocionada e se prontificou a ir à capital pegar minhas roupas antes de a barriga ficar à mostra, pois não queria que o cunhado soubesse da gravidez, e tinha certeza de que eu não deveria ir, pois ele tentaria me convencer de voltar para ele. Não perderia a empregada perfeita tão facilmente, e ainda daria um jeito de ter o controle total da situação e de mim.

Minha irmã decidiu ir ao primeiro final de semana. Para todos os efeitos, eu estava impossibilitada de ir, ainda com o gesso no tornozelo. A justificativa perfeita para ela ir no meu lugar.

No domingo, com a minha irmã de volta, recuperei minhas roupas, maquiagens, bijuterias, sapatos e outras pequenas lembranças, fotos, enfeites de cabeceira, um pouco da minha história. Uma vez ouvi sobre catástrofes como incêndios, enchentes, furacões, o estrago causado, desestruturando as pessoas por deixá-las sem referência, sem passado, sem história. É verdade, as fotos, os cartões, as flores secas nas páginas dos livros, as rolhas de vinho e espumante, cada regalo nos remete ao nosso passado, à construção da nossa vida. E de repente, por uma tragédia, perde-se a identidade, a prova dos nossos pertences. É necessário voltar ao básico, provar quem se é, provar o que adquiriu, certificar as contas pagas. Por que pensava nisso tudo? Eu estava bem. Meus pertences estavam comigo.

Novidade do meu marido não tinha. Ele deixou a chave com o zelador do edifício e mandou o homem ficar no apartamento junto com a minha irmã. Não era para levar nada da casa; apenas roupas e outros pertences de uso próprio. Ela tentou arrancar algo do zelador, mas ele se negou a falar. Assim não sabemos se ele ficou bem, mal ou indiferente. Mas eu estava decidida: casamento era passado. Naquele momento minha vida seria ao lado da minha irmã até o bebê nascer e fazer um ano de idade; depois pensaria em voltar para a capital ou recomeçar a vida em outro lugar.

E assim iniciei meu trabalho na Biblioteca. Por coincidência, no dia 7. De fato, a desorganização estava grande, e o primeiro dia de trabalho passou muito depressa. Resolvi levar um livro para ler à noite.

A funcionária da Biblioteca sugeriu para eu levar o outro separado para mim, insistindo que **eles** haviam determinado. Saí furiosa, caminhei esbravejando; **eles**, **eles**, para o inferno com **eles**.

A praça, a cabeça...
e eu

Quando cheguei na praça, percebi todas as pessoas olhando para o mesmo ponto. Eu me aproximei e vi a tal cabeça no chão. Ao invés de sentir medo, fiquei possuída de raiva, acelerei o passo em direção a ela; queria gritar: venham todos, participem, vejam a bobagem que vocês apoiam. Por timidez, refreei a vontade de desmoralizar quem era responsável pela palhaçada e os que nela acreditavam. Cheguei junto da cabeça e paralisei; ela era muito real, cabelos de gente, sujos, grudados por oleosidade, olhos de gente, boca de gente; ela respirava. Sentei-me no banco mais próximo e temi desmaiar. O senhor calvo de bigode branco sentou-se na minha esquerda, a senhora de vestido preto, grisalha e sisuda na direita. Silêncio. Na minha frente, do outro lado da praça, estavam o rapaz ruivo e sardento, e a moça da rodoviária.

O que os 4 mosqueteiros faziam ao meu redor? Não queria mais vê-los, não me deixavam respirar. Desde a viagem no ônibus eles me perseguem. Com certeza fazem parte dessa armadilha. Pensei em chutar a cabeça; todos veriam a falcatrua. Aproximei-me, a cabeça virou-se na minha direção, os olhos se mexeram e pude ouvir a respiração.

Desmaiei. Acordei sendo abanada pelos 4 mosqueteiros. As pessoas ao redor falavam todas ao mesmo tempo, mas eu pude ouvir afirmações do tipo: "Ela não acreditou, achou que podia chegar perto da cabeça, tocar nela e não acontecer coisa alguma". "Bem feito, agora ela aprendeu a lição". "Coitada, ela é forasteira. Não é a primeira a passar por isso". "Lembram aquela mulher de mão com o marido; eles caminharam em direção à cabeça acenando para os habitantes do vale. Quando chegaram bem perto, ele desmaiou e ela ria sem parar, mas riu tanto que entortou a boca para sempre. Quando ele voltou do desmaio, olhou para ela e deu um grito de pavor." E assim continuavam as narrativas.

Levantei-me, agradeci aos 4 mosqueteiros, me afastei daquele povo estranho, e no caminho para casa, ainda confusa, concluí: das duas uma, ou aquilo tudo acontecia, ou eu estava enlouquecendo.

Decepção

Chegando em casa encontrei a professora homossexual conversando com a minha irmã. Ela demonstrou surpresa ao me ver e mais ainda por saber que minha irmã era uma das grávidas. Ambas ficaram decepcionadas por eu ter escondido uma da outra. Não tive outra saída senão me desculpar com as duas.

Diante de tantas cobranças e depois do dia inusitado, desatei a chorar. Minha irmã trouxe chá de camomila e disse entender minha posição. Eu falei que ela com certeza teria sido mais compreensiva. Depois conversamos sobre a gravidez sem progenitor. Questionei novamente a possibilidade de ser psicológica, e a professora, mais uma vez, afirmou ter sido examinada pelo médico antes de confirmar a gravidez. Eu então contei das duas grávidas que encontrei no hospital e juram serem virgens. Minha irmã me olhou séria e perguntou:

– O que mais estás escondendo?

– Nada. Não estou escondendo nada, eu acho. Para ser sincera, estou confusa; já não sei mais distinguir a verdade da imaginação. Desde a minha chegada tenho ouvido as coisas mais absurdas. Não sei quanto tempo estou aqui; os dias são diferentes, o tipo de envolvimento, não rotineiro, me fez perder a noção. Depois de tantas situações inusitadas e da carta do meu marido fiquei desnorteada, só posso me desculpar com vocês e oferecer todo meu apoio.

Emocionada, minha irmã me abraçou, agradeceu e acrescentou:

— De algum modo, um dia acreditarás em mim. Tenho certeza.

Voltamos a falar das outras grávidas. Para encontrá-las, bastaria perguntar no hospital. Foram atendidas no mesmo dia em que eu havia torcido o tornozelo. E a viúva virgem? Seria fácil encontrá-la. Talvez fosse complicado falar sobre o fenômeno coletivo, pois na cabeça dela o bebê fora gerado pelo falecido em espírito.

Assim, depois de muita conversa, decidimos unir as grávidas virgens. E combinamos ir ao médico; afinal, já estava passando da hora de minha irmã fazer uma consulta. Segundo os cálculos delas, fecharia cinco meses de gravidez. Sendo o primeiro filho, a barriga ainda podia ser escondida, mas começaria a ser notada rapidamente. Eu me senti melhor falando das grávidas, mas não consegui contar que uma havia deixado o endereço e eu sonegara a informação.

À noite recapitulei cada dia vivido naquele lugar, e, de fato, deveria existir algo a mais. Lembrei-me da célebre frase de Shakespeare: "Há mais mistério entre o céu e a terra do que a vã filosofia dos homens possa imaginar".

Gravidez confirmada. E agora?

No dia seguinte, acompanhei minha irmã no médico ginecologista. Ele confirmou a gravidez sem deixar dúvida alguma, e a censurou pela demora da primeira consulta. O mais bizarro dessa consulta foi o médico ginecologista confirmar a virgindade da minha irmã e afirmar não ter sido o primeiro caso visto por ele. Resolvemos comentar das grávidas e tudo mais. Achávamos que ele ficaria pasmo, mas, para nossa surpresa, ele afirmou estar desconfiado de algum fenômeno tão logo havia examinado a terceira grávida virgem. Havia inclusive comentado com colegas da capital, sabendo depois que eles o estavam considerando doido. Então ele resolveu guardar para si. Começou a falar de uma senhora grisalha e sisuda e um senhor calvo com bigode branco, que os dois o haviam procurado para falar sobre o fenômeno, mas, enquanto falava, olhou no relógio. Entendemos sua pressa, pois estava com pacientes esperando por atendimento; então nos despedimos e o convidamos para uma reunião com as grávidas.

Nos dias seguintes, além do meu trabalho, me dediquei em reunir as grávidas. Primeiro procurei a viúva virgem. Achei que seria complicado, mas foi muito tranquilo, pois ela estava sendo acompanhada pelos 4 mosqueteiros, e eles haviam inclusive prevenido que eu a procuraria. Como imaginava, a moça de cabelo preso com fita colorida e a moça morena de nariz delicado foi fácil localizar; complicado foi encará-las e admitir que poderiam ter estado juntas muitos dias antes, aliviando suas angústias. Juntas elas falavam, faziam planos, ajudavam a aplacar a aflição dessa situação inusitada.

E eu, finalmente, estava em paz.

Ainda havia muita ansiedade, dúvidas, mas com todas unidas, palpitando, tudo ia se ajustando. Elas estavam querendo muito saber quem eram as duas grávidas ausentes, acreditando serem 7.

O médico ginecologista participou de alguns encontros, sempre educado e solícito. Ele vinha perfumado e todo arrumado, segundo minha irmã, para me impressionar. Eu disfarçava afirmando ser imaginação dela, mas, por via das dúvidas, também me arrumava, perfumava e não esquecia o batom, o *blush* e uma alinhada nos cabelos.

Com a barriga das grávidas começando a aparecer, saímos pelas ruas procurando mulheres grávidas. Mas não as encontramos. Encontramos apenas uma. E ela não era virgem, inclusive já tinha filhos.

Eu já estava gostando das esquisitices do vale. Sempre que andava pelas ruas, olhava para todos os lados tentando cruzar pelo senhor com o papagaio, pelo casal gótico na esperança de vê-la sem a coleira. Passava pelo cemitério, quem sabe o estrangeiro voltaria atrás e poderiam unir os dois cemitérios. E sempre passava pela casa da eterna *miss* com esperança de vê-la na janela. Cheguei a pensar em bater na porta, conversar com ela, tentar convencê-la que ainda é linda apesar das rugas e flacidez. Já me considerava inserida naqueles devaneios. A estranheza do vale passou a fazer parte da minha rotina.

Novo censo

Os dias transcorriam calmos para mim, minha irmã e as outras grávidas. Os moradores do vale, no entanto, começaram a se alvorotar ao perceber as barrigas aparecendo. Nos próximos meses o cemitério receberia alguns moradores. Deduziram. O irmão do prefeito não disfarçava a satisfação. Então, um vereador, cético, afirmou tudo ser coincidência, nunca fizeram um censo de forma correta, e os visitantes, pessoas como eu, por exemplo, confundiam o censo. Ele então sugeriu uma lei que foi aceita pelos demais e passou a valer. Exigiu fechar as entradas do município para pessoas de fora, até o nascimento dos bebês. Fariam a contagem exata e controlariam. Uma medida estranha e radical, mas naquele lugar tudo era possível, como havia dito minha irmã antes de eu vir para cá. E assim fizeram.

Como era esperado, contaram exatamente 7 mil habitantes. Nesse momento eu fui considerada moradora, tinha emprego fixo, inclusive. O vereador ficou um tanto decepcionado, pois queria provar que tudo era devaneio. Mandou refazer a contagem, e novamente exatos 7 mil moradores. Ele questionou meu caso. Concordou em eu fazer parte do censo, pois estava morando e trabalhando no vale, mas ponderou que ninguém tinha morrido e o censo continuava contando exatos 7 mil moradores. A funcionária da Prefeitura lembrou do carteiro, o tal que não distribuiu as cartas. Ele foi embora do vale, pois todos o rejeitaram depois do acontecido. E o mais interessante: uma semana depois de concluído o censo, a grávida que encontramos deu entrada no hospital. Como sempre, os suicidas correram riscos e os que não queriam morrer tiveram mais cuidado.

E a tradição se manteve: o bebê nasceu e um morador morreu. Dessa vez o falecido foi um octogenário e a causa da morte um câncer terminal. Os suicidas ficaram frustrados e os temerosos sentiram grande alívio. O vereador, indignado com a comprovação, tentou anular a lei criada por ele mesmo, mas os moradores do vale decidiram manter sem visitantes até o nascimento dos bebês, até aquele momento cinco garantidos. E então veriam se morreriam cinco habitantes.

O pesadelo

Resolvi pegar uns livros para ler antes do nascimento do bebê, porque depois seria complicado.

Em casa, me sentei, enfiei a mão na sacola e havia mais um livro: *Lendas Indígenas*. Isso é loucura! – pensei! Não escolhi esse livro. E apesar de já estar aceitando os inusitados da cidade e das grávidas sem pai, ainda tinha resistência para a imposição **deles**, e pensei: definitivamente não lerei esse livro. Amanhã será devolvido.

Naquela noite tive um pesadelo. Eu ouvi gritos de pavor que vinham de uma cabana. Ao me aproximar, ouvi choro, palavras de ordem: *calma, não gritem, se afastem*. Ao entrar pude ver uma índia parindo; ao redor dela, outras índias. Um velho índio tentava acalmar os ânimos. Ao lado da parturiente havia um bebê deformado, recém-nascido, ainda sujo de sangue, e ao lado dele três bebês monstros. Um tinha um único olho enorme no meio da testa, uma boca com dentes pontudos, sem nariz, os cabelos negros, as pernas e os braços tortuosos e o corpo redondo liso, sem mamilos, sem órgãos genitais; apenas o umbigo, ainda com o cordão umbilical. O outro tinha dois olhos minúsculos, um enorme nariz, duas orelhas imensas surgiam entre os cabelos crespos, o corpo igual ao do outro monstro. Na verdade, os três tinham o corpo igual, redondo e liso, e o terceiro era careca e tinha barba no rosto todo; não tinha nariz e os dentes saíam direto da pele, os olhos deste eram arregalados e davam voltas. A índia gemia, gritava. Vários índios chegavam. Não pude enxergar mais; apenas deduzi, pelas reações, haverem nascido mais monstros. Acordei suando, o coração disparado. Levantei e fui pegar um copo d'água. Ao passar pela sala, deparei com o livro *Lendas Indígenas* aberto na página 7. Eu olhei e estava escrito: "Os 7 monstros legendários".

Ao ler o título, tremi, porque me lembrei do sonho. Sentei-me. Suava nas mãos enquanto a curiosidade travava uma luta desgastante com a coragem. Está certo quem diz que a curiosidade não tem limites, mas nesse caso a coragem se vangloriou, dizendo ter sido dela o pontapé inicial da leitura.

Os 7 monstros das lendas indígenas: a bela filha do cacique foi capturada pela personificação do mal ou pelo próprio espírito maléfico. Juntos eles tiveram 7 filhos amaldiçoados pela grande deusa, e todos nasceram como monstros horríveis.

Eu estava atônita. Todos esses dias passados com minha irmã, as histórias ouvidas, as bizarrices, para tudo eu achei explicações, mas naquele momento eu não podia negar os fatos. Tinha certeza de que não havia aberto o livro; poderia ser coincidência estar aberto na página dos monstros legendários, mas, como eu sonhei, como eu vi no sonho nascerem 7 monstros, e esse era um dos capítulos do livro recomendado por eles. Isso seria impossível, mas tinha acontecido, e não podia negar. Estava apavorada; tomei um chá de camomila, deitei-me e acabei dormindo, não sei por quanto tempo.

Quando acordei, minha irmã já havia saído. Peguei o livro e, continuando na leitura, havia a descrição dos monstros tal qual eu enxerguei no sonho, ou pesadelo. Os outros três bebês, que não visualizei, misturavam as características assustadoras dos três primeiros. No total, eram 7 monstros legendários, netos do líder generoso e benevolente do seu povo. Ele implorou à deusa piedade por sua filha, a quem o destino puniu injustamente, dando seu ventre para carregar filhos do terrível espírito do mal. A deusa, diante do apelo comovente do pai e do sofrimento da filha, olhando para os 7 monstros, resolveu considerar e prometeu que não vagariam como monstros pela eternidade; os 7 viveriam seis reencarnações juntos e padeceriam nas seis reencarnações até a sétima, quando nasceriam para uma vida sem sofrimento, e trariam modificações ao seu redor. Mas só acontecerá se eles morrerem juntos, em seis reencarnações. Se um deles sucumbir ao sofrimento e se matar antes, deverão começar tudo novamente. E na última, na derradeira, serão necessárias 7 grávidas virgens; então tudo será zerado. Ao ler sobre as 7 grávidas virgens, me apaguei.

Fui acordada ao meio-dia pela minha irmã. Ela se desesperou ao me ver no chão. Ao me recuperar, expliquei tudo, mostrando o livro.

Ela, totalmente inserida no fenômeno, sendo inclusive uma das protagonistas, se mostrou chocada. Ficou sem ação e entendeu meu desmaio. Disse, inclusive, me invejar; desmaiar por umas horas seria o melhor que poderia ter acontecido a ela. Não se achava capaz de voltar ao trabalho, mas também não conseguiria inventar desculpa.

Ficamos ali paradas, sem almoço, sem atitude, sem entendimento, sem noção de tempo.

Como entender? Estarmos inseridas na continuidade de uma história, uma lenda, ocorrida há tantos anos, uma maldição, deuses, monstros. E minha irmã e as outras grávidas teriam o poder de reverter a tal maldição milhares de anos depois?

Ali ficamos horas, sem ação, com receio de falar, pensar, deduzir e agir.

Sentimos medo do medo que sentimos por ter medo.

Coragem, ação, atitude, sabíamos ser esse o caminho, mas simplesmente paralisamos.

O livro sobre a mesa tornou-se o resumo da nossa existência até aquele momento e o futuro dali para a frente.

O encontro determinante

No início da noite, a campainha tocou avisando a chegada das grávidas para a reunião.

Ao ouvir a campainha e entender o ocorrido, entender que ficamos paralisadas a tarde toda, minha primeira atitude foi fechar o livro, mandar minha irmã abrir a porta para as grávidas entrarem, enquanto eu ia lavar o rosto, me pentear.

Por sorte, ou talvez porque deveria ser assim, naquele encontro o médico ginecologista não participou. Foi providencial por dois motivos; o primeiro, e não menos importante: eu estava com um aspecto terrível, o segundo porque a informação do livro era forte demais e deveria ser compartilhada com as protagonistas. Somente elas, já tão desgastadas por todas as injustiças sofridas, seriam capazes de assimilar algo tão assustador, desatinado e estapafúrdio. Não achava palavras para descrever.

Olhando para elas, tive inspiração para fazer um verdadeiro discurso.

Relatei minha chegada na cidade, minhas desconfianças, minha indignação com tanta informação que eu julgava ser loucura coletiva. Comentei da minha revolta com os 4 mosqueteiros, foi quando elas riram e fizeram comentários do quanto eles as ajudaram.

Pedi desculpas novamente por não as ter acolhido antes. Confessei minhas fraquezas. Nesse momento elas foram solidárias, concordando ser normal eu estar confusa e insegura.

Foi quando afirmei que a partir daquele instante eu jamais esconderia qualquer informação e ponderei incluirmos os 4 mosqueteiros nos nossos encontros, pois nesse momento fazia sentido todo o envolvimento deles, parte de um fenômeno muito além das nossas vontades ou escolhas.

Perguntei se estavam prontas para terem conhecimento de uma bomba, algo bizarro e inimaginável.

As quatro responderam que sim. Nada mais as surpreenderia.

Comecei relatando sobre o livro na minha sacola, sem eu ter escolhido. Depois do sonho com os nomes claramente ouvidos por mim e a descrição dos monstros.

Até um certo momento, elas me olhavam como eu as tinha olhado ao saber da gravidez sem progenitor. Elas estavam achando que eu viajava na imaginação e não conseguiam entender como um pesadelo e um livro indesejado tinham a ver com elas.

Quando li o livro em voz alta, e enfatizei o protagonismo delas nessa loucura toda, foi a hora de elas paralisarem.

A professora homossexual, uma mulher inteligente, culta, foi a primeira a falar e ponderou ser uma enorme coincidência; eu havia feito a associação, mas não poderia ser real. A vida dela tinha sido uma vida comum até o momento, igual a milhões de outras vidas. Se ela tivesse sido escolhida pelos deuses para algo tão importante, o passado dela teria sido extraordinário. Afirmou ser difícil acreditar. Era muito surreal!

A moça de cabelo preso com fita colorida apenas disse:

– Eu pouco estudei, mal sei escrever. De repente fiquei grávida, e nunca tive namorado. Sempre tive esperança de um dia todos acreditarem na verdade; esperava algo vindo de Deus, mas agora não sei... Estou com medo.

A viúva virgem estava claramente num dilema. Seria bom acreditar que o noivo não morreu em vão; ela precisava se manter virgem; era especial por ter sido escolhida; por outro lado, se acreditasse nessa hipótese, saberia que o filho não era do noivo. E **eles** mataram seu noivo? Então **eles** seriam pessoas cruéis? Depois desse desabafo, ela concluiu dizendo:

– Desculpem. Preciso de mais tempo para pensar e poder entender melhor meus sentimentos.

A moça morena de nariz delicado demorou a se manifestar; fitava o nada, o olhar parado. Eu insisti, pedi a opinião dela; então ela respondeu:

– Sinceramente não sei o que pensar ou dizer. Estou assustada. Tudo estava se encaminhando de forma natural. No dia previsto eu teria meu bebê, com o auxílio do médico ginecologista, e aos poucos a vida voltaria ao normal. Então chega esta informação. Se isso for verdade, Deus nos livre, como será nossa vida?

Não poderia deixá-las voltarem para suas casas com tanta angústia.

Combinamos de pesquisar e pedir a ajuda dos 4 mosqueteiros. Tudo daria certo.

Marcamos o próximo encontro para o dia seguinte.

As sagas das seis reencarnações

Ao chegar na Biblioteca, a funcionária me disse:
— Eu já sabia que faltaria ao trabalho ontem.
Irritada, questionei como ela sabia, e por que havia colocado aquele livro na minha sacola?
Ela respondeu:
— Apenas cumpro ordens, e fui avisada sobre tua falta ontem. E hoje há um manuscrito recomendado para tua leitura.
— Manuscrito? — Insisti, intrigada.
A moça da Biblioteca me entregou folhas desgastadas pelo tempo, dentro de uma pasta. Recomendou muito cuidado ao manusear.
À noite comecei a ler o tal manuscrito sobre o trágico destino das 7 concubinas.
A história é muito triste e longa. Deixando de lado todos os detalhes e indo para o importante no nosso contexto, um sultão resolveu escolher 7 concubinas principais entre dezenas do seu harém para serem as únicas a frequentar os seus aposentos reais. Uma para cada dia da semana, e as repetiria sucessivamente. Estava querendo herdeiros, mas apenas 7.
Uma concubina muito ambiciosa conseguiu convencer o homem de confiança do sultão para ela ser a oitava; caso uma das 7 engravidasse, ela estaria ali para substituir.

O tempo foi passando, uma engravidou, e mais duas, e a oitava não foi chamada. Ela, possuída de ódio, colocou veneno na comida das 7.

De repente elas ficaram mal, vomitavam sem parar. Depois de dois dias de sofrimento, gritos de dor lancinantes, a única das 7 a não ficar mal se deu conta de que todas haviam comido um doce de pêssego feito pela oitava, e apenas ela não comeu porque não suporta pêssego, mas colocou fora, então parecia ter comido. O sultão mandou chamar a oitava, e essa, triunfante, confessou.

No mesmo momento o sultão mandou colocarem ácido goela abaixo da oitava, para ela sentir o mesmo que as outras estavam sentindo, porém mais forte ainda.

No dia seguinte, quando as 7 já nem se mexiam mais, quando vomitavam pedaços do próprio esôfago, o sultão mandou sacrificar as 7 concubinas, pois não conseguia mais presenciar tamanho sofrimento.

E assim as 7 foram enterradas juntas, depois de um enorme martírio.

Achei uma história horrível. Considerei uma narrativa sem sentido, mas tão logo me ouvi falando, sem sentido, entendi o propósito. Essas desafortunadas foram uma das seis reencarnações.

Fiquei exausta, pensando onde tudo isso iria parar.

No encontro seguinte, continuando a leitura das sagas das seis reencarnações, li a história dos 7 membros de um mosteiro. Eles foram capturados, levados à força para a capital por terem se recusado a renunciar a sua fé. Primeiro foi oferecida recompensa se eles abandonassem Cristo e o modo de vida cristã. Como eles não aceitaram, foram acorrentados e jogados na masmorra. Ali passaram fome e sede.

As correntes pesadas e ásperas arranhavam os pulsos e tornozelos, causando feridas e dor. O odor das fezes e da urina causava náusea. Apesar de todo o sofrimento, eles continuavam firmes na sua fé, e alguns guardas, impressionados com a sua coragem, estavam oferecendo água aos 7 monges cristãos.

O rei, assustado com a ascendência deles, resolveu mandar colocar os monges num enorme barco velho e serem queimados vivos. A marcha até o mar foi acompanhada dos insultos dos ateus ao longo do caminho.

O barco foi colocado para velejar após terem ateado fogo com os monges amarrados uns aos outros e amarrados no barco.

O fogo logo apagou. O rei então ordenou trazerem os monges de volta e serem golpeados com os remos até a morte. Eles morreram por Cristo, unidos na sua fé e fraternidade.

Essa era a terceira história horrível com a morte de 7 pessoas juntas e com o mesmo sofrimento. Lembrei-me da história dos cavaleiros lida pela minha irmã na noite da tempestade.

No encontro seguinte, a professora relatou ter encontrado o rapaz ruivo e sardento e que ele entregara um livro para ser lido no grupo das grávidas.

O texto marcado por *eles*, eu já estava acreditando, trazia o relato da história de 7 curandeiras.

Mais um relato muito triste. Havia uma família de mulheres com o conhecimento de cura pelo uso das plantas. A avó, duas filhas e quatro netas.

Tudo começou com a avó. Ela morava numa aldeia de mil e poucas pessoas e tratava todas que necessitavam. Passou o conhecimento para uma das filhas e depois para uma neta. Ela afirmava não bastar o poder das ervas; a atuação da curandeira era determinante para a cura, e apenas uma de cada geração tinha esse dom. Elas usavam malva, alecrim, poejo, erva-cidreira, cavalinha, camomila, melissa e outras plantas encontradas ao redor. As feiticeiras, como eram conhecidas, sempre tinham as ervas em casa, e jamais negaram atendimento a quem as procurasse. Algumas pessoas da comunidade tentaram dizer que eram bruxas e deveriam ser queimadas. Como muitos moradores foram curados por elas, na hora da votação os votos a favor da preservação das suas vidas sempre eram em maior número, e assim os anos passaram com as 7 mulheres exercendo seu trabalho em paz. Até o dia em que a beleza de uma das filhas foi percebida por um morador influente. Este, ao ser rejeitado por ela, pediu um novo plebiscito. Os líderes da comunidade disseram precisar de um motivo para pedir tal votação mais uma vez. O tal homem trouxe relatos de uma criança morta depois de beber um chá receitado por elas, um senhor paralisado após fazer uma infusão, uma mulher ensandecida depois do contato com elas, e acrescentou que a senhora e as duas filhas eram viúvas; certamente mataram os maridos. Elas negaram tudo, mas o líder resolveu que já passava da hora de elas terem algum castigo. Sugeriu que fossem abandonadas à própria sorte bem no meio da floresta, sem água, comida, casacos para o frio da noite, nada. Assim, as 7 mulheres foram abandonadas na floresta, a quilômetros de distância. 7 dias depois chegaram à cidade. Elas estavam magras, desgrenhadas, todas tinham feridas nas mãos, no rosto, uma delas sangrava e parecia ter sido mordida por algum animal. Quando entraram no povoado, todos correram para vê-las. Elas se arrastavam em direção às casas implorando água. Antes que alguém as ajudasse, o líder da comunidade chegou e disse:

– Eu as condeno à fogueira; se sobreviveram é porque são bruxas.

O povo gritava:

– Bruxas! Fogueira é o que merecem.

A única que conseguia falar defendeu-se dizendo:

– Nos alimentamos de plantas, bebemos água dos riachos. Se fôssemos bruxas estaríamos bem. Estamos quase morrendo de fadiga, fome e sede. Uma de nós teve os dedos arrancados por um lobo; que espécie de bruxa seria?

Algumas mulheres intercederam:

– É verdade. Olhem para elas; estão morrendo.

O líder então perguntou à única que conseguia falar:

– E como acharam o caminho de volta?

– Nós nos guiamos pelo sol, e mais próximo pelo cheiro da mata; a nossa é diferente das outras.

– Teriam me convencido se eu não fosse perspicaz. Fogueira para essas bruxas antes que nos matem.

Assim, as 7 foram atadas nos troncos; decidiram colocá-las juntas para economizarem gravetos. As meninas com apenas 9, 11, 12 e 15 anos choravam apavoradas e pediam clemência; diziam jamais terem feito um chá sequer. Uma das aldeãs bradou:

– Devemos eliminar todo o clã. Se deixarmos alguma viva, continuaremos correndo risco. A avó implorou às netas para se calarem; assegurou a elas que a morte seria muito rápida, e pediu perdão a todas pela maldita herança. O estalo dos gravetos se confundia com os gritos das 7 curandeiras queimadas juntas simplesmente porque sabiam o poder das ervas. Terminei de ler essa história tremendo; parecia ouvir os gritos delas.

Eu olhava para as grávidas e pensava: deveriam estar calmas, descansando, mas estão ouvindo esses horrores, depois de um dia exaustivo de trabalho.

Naquele momento decidi: não precisaríamos mais saber quem foram e como morreram; bastava sabermos: foram seis reencarnações de grupos com 7 pessoas e todas morreram com muito sofrimento. Pronto, já era o suficiente.

Os 4 mosqueteiros e suas histórias

Nos encontros com as grávidas virgens, fiquei sabendo que a moça morena de nariz delicado estava morando com a senhora de vestido preto, grisalha e sisuda. Assim, foi fácil convidá-la para participar. E ela ficou de convocar o senhor calvo de bigode branco, a moça da rodoviária e o rapaz ruivo e sardento.

Para um sábado à tarde marcamos as cinco grávidas, os 4 mosqueteiros, eu e o médico ginecologista.

Éramos 11 no grupo.

O senhor calvo de bigode branco nos confirmou saber sobre os monstros legendários; concordava ser forte demais estarmos inseridos numa história de centenas de anos, fantástica, mas tudo indicava ser verdade. E ele concluiu: "Todas as histórias sempre têm protagonistas, e por que nós não poderíamos ser os personagens dessa história?". E tudo acabava fazendo sentido. Para a sétima reencarnação ser a dos 7 bebês do vale, estávamos esperando mais duas grávidas. Então seria a reencarnação da alegria, do regozijo, o final de tanto sofrimento. Foi quando começaram as perguntas.

– Vocês são daqui? Como foram envolvidos?
– Por que nós fomos escolhidas?
– Por que esse vale?

Então o senhor calvo de bigode branco disse:

– Vamos por partes. Também não sabemos todas as respostas. Mas com certeza juntos chegaremos a mais conclusões.

E iniciou explicando sua participação na história:

– Devo ser o primeiro a falar porque fui o primeiro envolvido. Vou contar um pouco sobre a minha vida, pois tenho certeza de que teve influência para ser escolhido como um dos 4 mosqueteiros, como vocês nos apelidaram. Eu me tornei órfão de pai e mãe aos 12 anos de idade; foi terrível! Ambos morreram num acidente de carro. Minha mãe era filha única e meus avós maternos já haviam falecido. Meu pai também era filho único e fui acolhido pelo pai dele. Meu avô era viúvo, depressivo e não me recebeu muito bem. Então, quando fiz 18 anos, tratei de me virar; já trabalhava e pude alugar um quarto numa pensão, onde conheci minha esposa. Depois de dois anos namorando, casamos e fomos morar juntos numa casa de aluguel. Eu trabalhava há anos numa agropecuária. No início era pequena, mas foi se expandindo, diversificando os produtos, e meu chefe, vendo a possibilidade de se dar bem em outras localidades e formar uma rede, resolveu me mandar como funcionário experiente para outra cidade. E isso se repetiu inúmeras vezes. Sendo assim, minha esposa passou a trabalhar na mesma empresa. Mudávamos de município sempre que solicitados. Não conseguimos ter filhos, e nunca soubemos por quê. Por estar sempre de mudança, nunca compramos casa própria. Éramos muito amigos e parceiros; ela dava sentido a minha vida. Sempre à noite fazíamos um jantar no capricho com um vinho ou uma cerveja e nos domingos, nosso dia de folga, passeávamos de carro pelas redondezas.

Chegou o momento de ele contar um fato trágico:

– Um dia enfrentamos o resultado de um exame feito pela minha esposa; câncer de pâncreas. Ficamos desesperados; seria só uma questão de tempo. E, infelizmente, um ano e dois meses depois, eu a enterrei. Um mês antes da minha aposentadoria na agropecuária, meu chefe já velho e doente, me chamou, agradeceu todos os anos de dedicação e me dispensou. Não precisaria trabalhar mais, se não quisesse; no mês seguinte poderia assinar a aposentadoria para eu finalmente descansar. Mas se preferisse trabalhar para me distrair, seria recontratado. Agradeci a consideração e afirmei estar sem cabeça para trabalhar, que uns meses afastado me fariam bem, e caso sentisse vontade de retornar eu o procuraria. Despedimo-nos emocionados.

Era a hora de contar sobre o que mais nos interessava:
– Na semana seguinte encontrei um envelope na minha porta, endereçado a mim. Aqui começa o que de fato interessa a vocês. No envelope dizia: "Esta será a sua correspondência mais estranha, mas temos certeza, até o final da leitura terá feito sentido para o senhor. Precisamos de alguém corajoso, inteligente, sem raízes que o prendam onde está." Nesse momento parei a leitura e pensei: modéstia à parte, sou corajoso e inteligente, e de fato não tenho raízes me prendendo a lugar algum. Sendo assim continuei a leitura. "Precisamos de um líder para uma missão extremamente importante. O senhor precisará se mudar para um vale muito bonito, não muito distante daqui. Morar numa casa com três quartos, pois logo terá um rapaz e uma moça para morar com o senhor. Serão como filhos e também participarão da missão. Conseguimos uma casa e não precisará pagar aluguel por um ano. O senhor se manterá com sua aposentadoria, como já o faz. Será a oportunidade de uma

nova vida com enorme motivação. Daqui a uma semana, às 7 horas da manhã, estacionaremos um caminhão de frete para sua mudança. Se a resposta for sim, esteja preparado; se for não, após 15 minutos de espera o motorista partirá."

Ele seguiu com sua narrativa:

– No mesmo dia já tinha tomado minha decisão. Aguardei ansioso os 7 dias seguintes, encaixotando minhas coisas e fazendo burocracias tipo fechar conta em banco e encerrar o aluguel da casa... Chegando aqui no vale, me instalei no endereço determinado por eles. No caminho até aqui, tentei saber detalhes através do motorista. Ele garantiu ter sido contratado apenas para me pegar num endereço e me largar em outro. Garantiu ter recebido um envelope com pagamento e as instruções na casa dele. Um menino entregou e pediu para ele ler e responder se aceitava o trabalho. Apenas isso. Eu estava curioso sobre qual seria a missão, e aos poucos fui recebendo ordens, sempre por correspondência; não sei até hoje quem as envia. E assim fui orientado a procurar a senhora de vestido preto, grisalha e sisuda, depois o rapaz ruivo e sardento e por último a moça da rodoviária. Formava-se assim nosso quarteto, ou os 4 mosqueteiros, como preferirem.

Nesse momento a viúva virgem fez uma observação:

– Que história interessante, senhor. Sinto pela sua esposa. Sei bem o sofrimento de perder o amor da sua vida. Mas quem lidera tudo isso? Não tem uma pista sequer?

– Ainda não sei quem são nossos líderes, qual é o verdadeiro objetivo, onde pretendem chegar, mas estamos envolvidos em algo muito importante e surreal, com certeza. Este vale tem um mistério muito grande, sem dúvida alguma. Espero elucidar tão logo essas crianças nasçam, crianças geradas por milagre, em ventres de mães virgens... Mas chega de falar. Passo a palavra para o próximo. – E olhou para mim, como se eu determinasse quem deveria ser o próximo.

Eu assumi de bom grado o cargo e sugeri a senhora de vestido preto, grisalha e sisuda que nos contasse sua história.

– Minha história não parece real. Se me contassem, eu não acreditaria. Morávamos eu, minha filha, o genro e a neta. Num domingo ensolarado, meu genro inventou de levar minha filha para um passeio num avião monomotor que sobrevoava a cidade. Não gostei da ideia, mas ele garantiu não ter perigo. Minha neta queria ir junto, mas, por sorte, era caro; cobravam por pessoa, então ele prometeu levá-la numa próxima vez. Para distrair a menina, convidei-a para ir comigo à missa; compraria um sorvete para ela depois. Voltando, quando nos aproximávamos da nossa casa, algumas vizinhas vieram na nossa direção gritando: "Um avião caiu na casa de vocês, os bombeiros estão lá, foi horrível, destruiu tudo". Sabem aquelas informações desconectadas, sem sentido algum. O cérebro paralisa, enquanto o coração acelera, e na luta dos dois seguimos sem entender, mas seguimos.

– Deve dar um nó no cérebro mesmo. – Interrompeu o rapaz sardento.

E a senhora de vestido preto, grisalha e sisuda continuou:
– Ao chegar em casa, os bombeiros nos impediram de entrar. A ambulância já havia levado os três tripulantes. O piloto, um homem e uma mulher. Senti um calafrio, mas não quis levar adiante aquele pensamento. Se concretizado, seria o fim da minha vida. Quando os bombeiros terminaram, disseram que estava seguro, podíamos entrar, mas seria para pegar pertences importantes, pois a casa ficara

sem telhado, toda exposta a frio, chuva, invasão de animais e até ladrões. A cidade era tranquila, mas não dava para arriscar. Entramos eu e minha neta; algumas vizinhas queriam ajudar, ofereceram pouso e tudo mais, mas agradecemos. Meu genro e a filha resolveriam assim que voltassem do passeio. Sugeri à minha neta para selecionar coisas importantes não destruídas pelo avião ou, posteriormente, pelos bombeiros com seus esguichos de água. Muito pouco se aproveitou; ela pegou álbuns de fotografias, que, por estarem dentro de uma cômoda antiga de madeira grossa, ficaram protegidos da água.

– Ainda bem que sua neta lembrou do álbum de fotografias. – Afirmou a minha irmã.

– Minha neta pegou roupas, sapatos e colocou numa mala. Pegou outra mala e me perguntou o que deveria pegar do pai e da mãe. Poucas roupas não estavam encharcadas. Ela achava melhor pegar as deles também para garantir, pois não sabia se eles voltariam tarde, e a casa estava sem luz. O material escolar foi totalmente destruído. Porta-retratos não sobrou um, enfeites, tudo que estava exposto se foi. O avião atingiu em cheio a sala e a cozinha, destruindo tudo; não tínhamos como chegar e visualizar, mas dava para deduzir, e nos quartos a água se encarregou de encharcar tudo que não estava na cômoda; nos armários também entrou um pouco. Mas isso estava sendo administrado, eu sempre pensando: meu genro e filha chegando, resolvemos da melhor maneira possível. Eu sabia que a casa tinha seguro; ele pagava anualmente; mudaríamos para uma casa nova, e pronto. Foi quando chegou um policial dizendo: "Fui incumbido de dar a pior das notícias: sua filha e seu genro não resistiram aos ferimentos causados pela queda do avião e faleceram.

Nessa hora, todos do grupo manifestaram seu sentimento com palavras como: "Que triste!", "Que tragédia!", "Sinto muito".

A senhora grisalha e sisuda agradeceu e continuou:

– Não me perguntem o que pensei. Não saberia responder; novamente cérebro bloqueia, coração acelera e agimos por impulso. Olhei para minha neta ali parada, tentando pensar se havia entendido certo, querendo que não fosse verdade. Agradeci ao policial, e ele se ofereceu para ajudar. Levei minha neta para a parte do quarto onde podíamos ficar a sós, choramos muito, agarradas uma à outra. Depois de um tempo, decidi que não choraria mais. Para mim, a vida poderia acabar ali, mas minha neta estava começando a dela, e só tinha a mim. Então me recuperei, sugeri pegarmos tudo que fosse possível e colocar na frente da casa. Era domingo, mas tentaria conseguir um frete. Ainda tinha o velório e o enterro para organizar.

– A senhora foi uma guerreira. – Afirmou a moça morena de nariz delicado.

A senhora de vestido preto, grisalha e sisuda agradeceu e seguiu falando:

– Sabia que meu genro havia quitado um valor para o funeral; falara isso várias vezes: "Caso eu morra antes de vocês, para não precisarem se preocupar com nada, basta falar com a funerária; eles têm plantão." Mas não devia ter pagado o da minha filha. Por sorte eu tinha uma lata bem lacrada com minhas economias. Fazia crochê para vender e tinha muitos clientes. Peguei a latinha e fui com minha neta no plantão falado por meu genro. De fato, o dele estava totalmente pago; ele havia optado por um enterro chique, para impressionar a esposa e os vizinhos. O homem da funerária lembrava bem, pois poucos optavam pelo mais caro. O homem foi muito gentil e, entendendo a minha situação, disse que faria dois funerais mais simples pelo valor já pago, que eu não me preocupasse com nada; apenas em comparecer aos atos fúnebres. Ele disse que estava se sentindo bem em ajudar uma senhora na minha situação; afinal, perdera a filha, pior dor, genro e a casa de forma muito violenta, tudo ao mesmo tempo. E o bom homem ofereceu uma peça vazia da funerária para deixarmos o pouco que pegamos da casa e mandou um motorista numa camionete buscar para nós. Foi um anjo.

A narrativa seguiu:

– Dormimos na vizinha, onde o assunto foi a tragédia, todos tentando entender como pode acontecer daquela forma. Eu acho que meu genro quis chegar bem perto para ser visto. Deve ter convencido o piloto, desafiando o talento deste, e depois o piloto não conseguiu subir novamente, estraçalhando-se na nossa casa. Apesar da violenta queda, o piloto sobreviveu e deve saber contar a história, mas nunca o procurei para perguntar, pois não mudaria coisa alguma e teria que voltar à cidade onde morávamos. Quem sabe um dia. Mas, sem mais delongas, vamos ao interessante para vocês.

E continuou:

– Depois do enterro, convidei minha neta para nos sentarmos na praça, tomar um sorvete, conversar sobre onde iríamos morar até conseguir uma casa nova, toda burocracia do seguro e tal. Estávamos lá, sentadas, sem rumo, quando se aproximou o senhor calvo de bigode branco e me disse: "Com sua licença, posso me sentar com vocês? Soube da sua tragédia." E se pôs a falar sobre uma proposta para mim.

Ofereceu uma casa muito boa, num vale muito bonito, com um ano de carência de aluguel, ou até sair o seguro da nossa casa e eu pudesse comprar outra. A casa era mobiliada, tinha até louças, todo o necessário; necessitava apenas de roupas de cama e banho. Eu poderia vender meus crochês, e não passaríamos necessidades. Acrescentou ter sido orientado para me convocar. Entendia que eu tinha todos os motivos para ficar desconfiada, pois a proposta era confusa, mas prometeu que logo eu entenderia. Era para o bem. E uma mudança de ares, uma chance de recomeçar sem depender de favores de vizinhos seria bom. Eu tinha até o dia seguinte para pensar, e ele estaria em frente à funerária para pegar os pertences às 10 horas da manhã, e se despediu com um aperto de mão.

– Fico feliz que a senhora tenha confiado em mim. – Observou o senho calvo de bigode branco.

A senhora de vestido preto, grisalha e sisuda olhou para o senhor calvo de bigode branco com um gesto de concordância e continuou contando sua história:

– No dia seguinte, às 9 e 30 já estávamos com nossos pertences na calçada à espera do desconhecido. Quando nada se tem a perder, a escolha não é difícil. Chegando em frente à casa das sequestradas, ele foi obrigado a nos contar o acontecido, não poupando nem minha neta, pois ela logo descobriria. Comentou ser esse o motivo de carência no aluguel e tudo mais; se concordássemos, poderíamos nos instalar. Elogiei o pátio, jardim destruído, mas isso arrumaríamos com prazer. Ele disse que de vez em quando haveria pessoas olhando para dentro do pátio para verem a casa; deveríamos ignorar. E a única exigência era não perdermos a paciência e expulsar os curiosos. A partir desse momento, às vezes o senhor calvo de bigode branco aparecia e ainda aparece para me dar as ordens **deles**.

E a senhora de vestido preto, grisalha e sisuda, continuou:

– Depois de conversar algumas vezes com os outros envolvidos, eu fiquei questionando se **eles** seriam capazes de causar o acidente da minha filha e do genro apenas para me ter à disposição. Mas tenho certeza de que não. Esse acidente ia acontecer de qualquer forma. Não mataram minha filha para eu vir, mas já que ela morreu me convocaram, assim acredito, pois **eles** são do bem, querem trazer o bem.

E concluiu:

– Acho que respondi a pergunta de vocês sobre como fui envolvida. Muita coisa estou descobrindo agora também.

Depois de ouvir os dois relatos, sendo eu a escolhida para liderar, resolvi perguntar se gostariam de continuar os outros depoimentos ou se estavam cansados?

A professora homossexual falou:

– Acho que se todos tiverem condições, devemos continuar; afinal, o quanto antes desvendarmos esse mistério, o quanto antes poderemos aliviar a angústia e a insegurança que nos perseguem desde o descobrimento da gravidez.

Olhei para o rapaz ruivo e sardento e perguntei se concordava em contar a história dele. E ele começou falando:

– Minha história é simples. Fui entregue num orfanato com poucos dias de vida e lá fiquei até os 18 anos. Sendo assim, dezenas de crianças entraram e saíram enquanto estive lá; alguns foram adotados, alguns fugiram, outros saíram ao completar a idade-limite. Não tenho queixas do orfanato. Eu podia estudar, tinha casa, comida, banho quentinho e amigos para brincar, jogar futebol. Até me incentivaram a fazer curso de contador, junto com o final do Segundo Grau e começar a trabalhar, pois aos 18 anos teria que deixar o orfanato, morar num albergue municipal até poder me sustentar, mas não tive coragem. Afinal, minha vida toda foi lá: educação, formação de conceitos, tudo. Eu tinha medo de me afastar, então exercia trabalhos lá mesmo. Eles foram muito generosos e começaram a me dar tarefas relativas à contabilidade do orfanato para eu ir praticando, e até me pagavam por isso. Com certeza, no início eu tinha esperança de ser adotado. Cada carro com possíveis adotantes, a euforia era geral. O mais triste era quando saíam sem nenhum escolhido. Todos rejeitados! Nesses dias não havia motivo algum para alegria; todos se calavam, e a tristeza era geral. Quando um dos órfãos conseguia uma família, todos vibravam, apesar de não serem os escolhidos; ficávamos felizes pelo amigo e entendíamos ter avançado na lista de possibilidades; o contrário acontecia quando entrava mais um órfão; querendo ou não, era um novo concorrente para possível adoção. Muitas vezes me questionei: por que sendo eu um menino tão bom nunca fui adotado? Talvez porque desde pequeno eu era ruivo, sardento e orelhudo. Com o tempo fui ficando narigudo, magro demais, mas aí já não fazia diferença, pois tinha passado dos 12 anos, e torna-se impossível alguém adotar um adolescente. Mas isso não interessa aqui.

Fez uma breve pausa e prosseguiu:

– Vamos ao que vocês precisam saber. Quando faltavam três dias para meus 18 anos, data sem motivo algum para comemorar, comecei a arrumar minha mala, comprada com o dinheiro ganho nos trabalhos de contabilidade; comprei também um jogo de lençol e toalha, pois não sabia se teria no albergue. Mais poucas roupas, umas fotos da minha vida no orfanato, o relógio que ganhei ao completar 15 anos; esse não tiro jamais do pulso. Olhava para a mala e ficava tentando imaginar como seria. Nos albergues vistos nos filmes, o ambiente era triste. Conseguiria um emprego logo? Poderia continuar trabalhando na contabilidade do orfanato até conseguir um emprego com carteira assinada. E assim, nessa angústia terrível, estava eu no banco do pátio, sozinho, juntando forças para enfrentar o meu futuro, quando o senhor calvo de bigode branco se aproximou e falou: "Boa tarde, vim te oferecer uma oportunidade irrecusável. Moro num vale muito bonito de 7 mil habitantes, moro sozinho, nunca tive filhos. Minha proposta é: tu vens morar comigo; serás como um filho; até conseguires um emprego eu te sustento; tenho a minha aposentadoria, mas com a tua experiência em contabilidade logo vais arrumar trabalho. Temos uma missão para cumprir e fui orientado a te escalar para tal tarefa. Não adianta me perguntar detalhes porque nem eu sei, mas posso te garantir que é do bem e finalmente vais ter um lar."

Nesse momento, o rapaz ruivo e sardento olhou para o senhor calvo de bigode branco e ambos trocaram um sorriso de cumplicidade. Então, ele prosseguiu com a sua história:

– Consegui ver no semblante, no tom de voz, que o senhor calvo de bigode branco estava sendo sincero, e de fato, na minha situação, me pareceu uma bela proposta. Pedi um tempo para me despedir do pessoal, já que mudaria de cidade e talvez a despedida de alguns fosse definitiva, ou talvez de todos, mas isso naquele momento não tinha como saber. Foi bem dolorido virar as costas para o único lugar que havia me acolhido, para as pessoas que me fizeram companhia e cuidaram de mim, mas parti confiante. A motivação veio na hora certa. Na viagem, o senhor calvo de bigode branco foi me falando do vale, de coisas bizarras que lá aconteciam, associadas a nossa missão, mas ficava insistindo sobre ser do bem e para o bem, e eu seria feliz lá, teria um emprego e um pai. Ele demonstrava estar feliz com essas possibilidades, e eu também fiquei.

Em seguida, o rapaz ruivo e sardento falou de sua nova vida:

– Nos primeiros dias, o senhor calvo de bigode branco me mostrou a casa dos parentes assassinos, dos queimados, das sequestradas, onde conheci a senhora de vestido preto, grisalha e sisuda, e sua neta. Aos poucos pude presenciar um nascimento e uma morte. No dia que fui ao cartório obter meu título de eleitor como novo morador da cidade, dando meu endereço, eles comentaram: "Incrível, ontem um senhor esteve aqui perguntando como deveria proceder com seu título, pois estava mudando para outra cidade. Ou seja, chegou um, saiu um e o censo não mudou: 7 mil moradores oficiais". Depois cruzei com o senhor do papagaio. Eu me assustei muito com a cabeça na praça a primeira vez que a vi, e às vezes recebo ordens **deles**, através do meu pai; agora, orgulhoso, o chamo de meu pai. Isso é tudo. Ah! Só mais uma coisa: passei a vida questionando por que não fui adotado. Tenho certeza de que deveria estar aqui agora, participando desta missão e sendo filho do meu pai.

Ao final da narrativa do rapaz ruivo e sardento, todos os envolvidos agradeceram. E minha irmã falou para ele:

– Agora já sabes porque não foste adotado, nada a ver com a tua aparência. Ruivos e sardentos são charmosos, além de bonitos.

O rapaz ruivo e sardento ficou tão vermelho que as sardas desapareceram por instantes. Mal conseguiu agradecer.

Quando todos me olharam esperando minha atitude, olhei para a moça da rodoviária e pedi que ela fizesse seu relato. Ela de pronto começou a narrar:

– Como todos que me antecederam, vou contar um pouco da minha vida. Nasci numa cidade grande, família de posses, tive uma vida de menina mimada, cujos pais compensaram sua ausência com dinheiro, viagens, roupas, superfestas de aniversário; meus 15 anos foram de arromba; foi assunto na escola por muitos dias. Eu era linda, filha única e tinha tudo, mas não tinha o que mais queria: atenção dos meus pais e irmãos para dividir meu dia a dia. Amigas, todas fúteis e interesseiras. Num desses momentos frustrantes, em que eu tinha tudo, mas não era uma pessoa real, eu me envolvi com um rapaz não recomendável, usuário de drogas, e entrei para esse mundo nefasto. Nem preciso descrever detalhes, pois vocês já ouviram inúmeras vezes, tenho certeza, porque todas as histórias de drogados são iguais.

E passou a contar o que aconteceu na sua vida depois de se envolver com as drogas:

– Pelo vício, começamos a vender nossas coisas por valores muito menores do que valem, e, quando nos damos conta, não temos mais coisa alguma, quando então passamos a vender objetos da casa, pois não serão percebidos, acreditamos. Meus pais sempre viajando a trabalho ou para passear mesmo. Conheceram quase o mundo todo, sem nunca me convidar, pois gostariam de ir a restaurantes e outros locais em que não se permite o ingresso de menores de idade. Para compensar me levaram para o maior parque de entretenimento do mundo, com uma amiga; assim eu teria companhia, já que eles não estavam dispostos a frequentar um parque de diversões. Eles nos deixavam lá pela manhã, iam às compras e depois nos buscavam e nos largavam no hotel, para eles saírem sozinhos. "Descansem! Devem estar exaustas", diziam. E sempre ofereciam viagens eu levando alguma amiga.

A moça seguiu em sua narrativa, confessando estar um tanto confusa:

– Estou atrapalhada, misturando fases, se não entenderem posso explicar novamente. Mas, enfim, completei 18 anos e eles nem perceberam; continuaram viajando sem mim e nem arrisquei perguntar qual seria a desculpa do momento. O rapaz não recomendável ia para minha casa quando eles viajavam e me ajudava a praticar furtos que, segundo ele, nem seriam percebidos: uma bolsa da minha mãe, entre tantas, que, caso desse falta, acharia ter doado para o brechó da caridade; uma pulseira de ouro; algumas camisas do meu pai, pois ele nem sabia quantas tinha, muitas brancas, todas iguais, mas de marca boa, de que os traficantes gostam. Enfim, comecei a gostar das viagens deles.

Contou, no entanto, que o inevitável aconteceu:

– Um dia minha mãe notou a falta de algumas joias, de uma bolsa, e demitiu a empregada, pessoa honesta, que sempre me tratava com muito carinho e atenção. Nesse dia fiquei muito mal, decidindo que não poderia continuar assim, mas o vício estava instalado e o rapaz não recomendável se tornou importante para mim, e eu para ele, pois eu era jovem, bonita e podia contribuir para a aquisição de drogas. Meus pais, depois de despedir uma segunda empregada, resolveram colocar câmeras pela casa, algo incomum, e não me avisaram, coisa de que eu jamais suspeitaria. Então, eles, chocados, descobriram que as ladras não eram as empregadas, mas sua filha e um parceiro desconhecido. Enlouqueceram, não sabiam como agir, não poderiam deixar a notícia se espalhar, pois falariam mal deles.

Nesse momento, a moça da rodoviária parou de relatar, deu um suspiro profundo, olhou na minha direção e continuou:

– Eles me internaram imediatamente em uma clínica de recuperação das mais caras do país, num outro estado e espalharam na escola, para vizinhos, amigos e até parentes, que eu viajei de última hora para estudar numa escola no exterior, onde tinha feito exames e havia sido aprovada. E assim me tiraram da vida deles com peito estufado, recebendo parabéns. Quanto orgulho da filha! Enquanto isso, eu vivia como prisioneira, não podia me comunicar com ninguém, e a cada três meses eles vinham me visitar, passavam uma hora comigo, sendo que às vezes adiavam a vinda porque estavam viajando. Diziam para todos que iam para o estrangeiro me visitar. O maior absurdo foi quando minha mãe pediu para eu escrever uma carta mentindo sobre minha vida no exterior para os meus colegas de escola; ela entregaria para ser lida em sala de aula.

– E tu escreveste? – Eu perguntei.

– Não escrevi, óbvio!

– Fizeste muito bem, mas continua tua história

E a moça da rodoviária seguiu narrando:

– Quando me dei conta estava fazendo 21 anos, mais de dois anos na clínica. Um dia meus pais vieram comunicar minha saída da clínica. Na verdade, eu estava sendo expulsa por falta de pagamento. Eles estavam falidos, precisando até vender a nossa casa. Mas eu não poderia voltar com eles. Como explicariam meu retorno do exterior de repente, sem concluir o curso? E como explicar minha aparência, parecendo pobre. Se estava voltando de uma universidade estrangeira, deveria voltar linda, chique, com roupas da moda. Então eles estavam decidindo se me mandariam para a casa dos meus avós, num sítio, avós que acreditavam na história de a neta estar vivendo noutro país. Ou seja, meus pais transformaram minha vida numa farsa sem volta. Ficaram de me buscar em dois dias e se despediram sem um abraço, sem um remorso, como se o estorvo fosse eu, a culpada dos problemas deles. Eu estava totalmente perdida, não tinha dinheiro, não tinha para onde ir, me restava aguardar os dois e saber da sua decisão.

Nesse momento, a moça da rodoviária parou, tomou um pouco de água e continuou:

– Então, o senhor calvo de bigode branco apareceu. Com certeza todos já deduziram sua proposta. Nas minhas condições, nem pestanejei. Menti na clínica que estava indo com meu tio. Sendo eu um prejuízo para eles, nem questionaram; apenas me desejaram boa sorte. Até hoje não sei se meus pais se importam, mas por ser uma pessoa boa, mandei uma carta para eles afirmando estar bem e longe das drogas. Seguiria meu destino com uma oportunidade de trabalho oferecida. Havia mudado para um vale muito bonito, e um dia, quem sabe, poderíamos nos encontrar. Devo confessar, diante de tanta loucura envolvendo esse mistério todo, com tanto poder demonstrado por quem nos encaminha, fico me perguntando se **eles** nos causaram essas desgraças para estarmos disponíveis ou se **eles** procuraram pessoas desgraçadas para convocar. Um dia saberemos?

Nesse momento a moça da rodoviária parou seu relato e nos questionou. Todos fizeram caras, levantaram ombros, todos olhando para os lados, esperando respostas, mas ninguém tinha segurança para responder com convicção.

Então ela partiu para conclusão:

– Na verdade, estou adorando viver com meu novo pai e irmão e sei que eles também. Loucura ou não, tenho um objetivo na vida agora. E aqui com vocês, com essas grávidas virgens, diante de tanto mistério, agradeço por ter sido escolhida. Tenho certeza de que esta é uma missão do bem; essas crianças de alguma forma estão vindo para trazerem muita luz e sabedoria. Bem-aventuradas essas mães.

E assim a moça da rodoviária encerrou sua explanação. E novamente todos olharam para mim. Eu disse:

– Agora sabemos o porquê de vocês quatro estarem sempre participando de todos os fatos importantes na vida das gestantes. Estamos todos convencidos de que elas estão grávidas, são virgens e diante de todos os acontecimentos nos resta esperar por mais duas grávidas virgens. Por enquanto, a explicação mais plausível é a das seis reencarnações anteriores a elas, todas associadas aos 7 monstros. Estamos evoluindo bem, contudo ainda não esclarecemos por que este vale foi o escolhido, nem meu papel nessa história, nem por que tantas bizarrices nesta cidade. Sugiro como tema de casa todos pensarmos, falarmos com os habitantes, tentarmos descobrir para esclarecer o máximo possível.

E continuei:

– Agora vamos comer um bolo, tomar um chá e cada um descansar na sua casa. Daqui a dois dias faremos nosso próximo encontro.

As grávidas virgens contam suas histórias

Enquanto aguardava o próximo encontro, eu cuidava da casa e trabalhava na biblioteca, onde olhava o jornal do vale, edições de anos atrás, jornal com edição semanal, papel simples, poucas notícias, colunas de culinária, fofocas, bem de acordo com o número de leitores. Foi fácil pesquisar anos de jornal. Encontrei várias reportagens sobre a participação da eterna *miss* nos vários concursos de beleza que ela participou. Até a mãe e as irmãs apareceram nas fotos. Ela teve seu momento de fama nacional. Haviam poucas reportagens sobre as buscas arqueológicas, devido ao custo, resolveram encerrar as pesquisas. No jornal, eu descobri que antes da estrada de ferro fechar, o vale tinha 9.227 moradores e em poucos meses 2.227 pessoas partiram, ficando exatamente 7 mil habitantes.

Na noite do nosso encontro seguinte, passei esses achados para todos, e nos surgiram dúvidas: teriam **eles** fechado a estrada de ferro para o caso acontecer? Construíram a estrada de ferro, manipulando os imigrantes, assim como fizeram conosco. Esperaram prosperar, fecharam a estrada de ferro e atualmente agem para manter os 7 mil? Se esse número de habitantes garante uma energia especial, qual o objetivo de manter os 7 mil não saberia dizer. Em resumo, pouco descobrimos e o mistério em torno ***deles*** continuava. Mas, apesar disso, o médico ginecologista me olhou e disse:

– Também esclarecemos seu papel aqui no vale. **Eles** precisavam de uma jovem inteligente para elucidar o mistério.

Todos me olharam. Corei! Por certo fiquei da cor de um tomate. Sorri sem graça, agradeci e fiquei perdida no raciocínio.

A moça de cabelo preso com fita colorida me ajudou e disse:

– Estamos indo bem. Agora nos resta aguardar essas crianças nascerem. Estamos apoiadas por vocês e a fase de sofrimento passou. Certamente fomos designadas por sermos virgens e pessoas do bem. Vamos agradecer a imensa honra de sermos escolhidas. E sugeriu um brinde, para o qual ela havia trazido guaraná, pois gestantes não devem tomar bebidas alcoólicas.

Durante o brinde, pensando nas palavras ditas pela moça de cabelos presos com fita colorida, sobre serem virgens e escolhidas, me dei conta: os 4 mosqueteiros já haviam contado suas histórias. E as grávidas? As principais nesse enigma. Então eu sugeri que no próximo encontro elas viessem preparadas para contarem suas histórias. Todas concordaram.

A senhora de vestido preto, grisalha e sisuda se despediu e o senhor calvo de bigode branco disse estar se retirando também, e sendo assim todos partiram; todos não, porque o médico ginecologista pediu para ir ao banheiro e ficou para trás. Quando eu o acompanhei até a porta, ele me convidou para jantar na noite seguinte.

E assim, conforme combinado, fomos no único restaurante aberto na cidade à noite. A conversa variou de gosto culinário para literatura, cinema, as grávidas e seu futuro incerto. Quando percebemos, o garçom nos olhava querendo fechar o restaurante. Pedimos desculpa, o médico ginecologista pagou a conta e saímos caminhando bem devagar em direção à casa da minha irmã. Ambos gostaríamos de ficar mais tempo juntos, não erraria em arriscar. Na porta da casa, ele agradeceu a noite *formidável*, disse que há muito não tinha momentos tão agradáveis e me convidou para sair novamente.

No encontro seguinte, com as grávidas e os 4 mosqueteiros, depois de todos instalados e devidamente confortáveis, eu sugeri que as grávidas começassem a contar suas histórias.

Minha irmã começou falando um pouco da infância, da morte dos pais, da cidade, da escola, do fato de nunca ter se interessado por nenhum rapaz; até chegar na história da revista, dos sonhos repetidos, sempre recebida por quatro vultos e naquele momento ela tinha certeza, eram os 4 mosqueteiros. Contou da decisão de vir morar no vale, do susto da gravidez, da minha chegada , até os nossos encontros.

A senhora de vestido preto, grisalha e sisuda ficou impressionada; como ela aparecia todas as noites nos sonhos de uma desconhecida. E, pasmem, ela quis saber se no sonho aparecia mais gorda ou mais magra. Minha irmã, sorrindo, respondeu:

– Pessoalmente a senhora é mais bonita.

Todos olharam para a senhora de vestido preto, grisalha e sisuda, esperando um sorriso, mas ela se manteve sisuda; apenas agradeceu.

O médico ginecologista demonstrou espanto com a história da reportagem que desapareceu da revista.

Então, minha irmã, depois de ouvir os comentários dos participantes, encerrou e passou a palavra para a moça morena de nariz delicado.

Ela relatou para o grupo tudo que havia me contado no hospital. Enfatizou a surpresa da gravidez, junto com a desagradável surpresa de ter sido escorraçada pela família. Acrescentou para o grupo o quanto aguardou o arrependimento dos familiares e que viessem buscá-la. Também salientou a relevância da senhora de vestido preto, grisalha e sisuda, pois, além de tê-la acolhido, ensinou a ela como poderia ganhar seu próprio sustento. Nesse momento, a moça morena de nariz delicado olhou para a senhora de vestido preto, grisalha e sisuda, e todos perceberam a gratidão sentida pela jovem.

Chegou a vez da moça de cabelos presos com fita colorida. Ela contou, um pouco mais detalhado, tudo que havia me contado no hospital. Enfatizou o fato de nunca ter se interessado por rapaz nenhum, até porque nunca saía para passear sozinha. Estava sempre com os patrões e os filhos deles. Afirmou nunca ter parado para pensar sobre isso, mas agora entende o porquê. E lamentou muito a maneira como tudo aconteceu. Deixou claro que entende a patroa; afinal, como alguém poderia acreditar numa gravidez sem contato com homem? Sentiu muita pena do patrão, mas não tinha como mentir. Afirmou estar muito bem no lar que o senhor calvo de bigode branco conseguiu para ela, mas tem a sensação de que será temporário. E assim encerrou a sua fala.

Eu e o médico ginecologista estávamos visivelmente constrangidos. Os olhares se cruzavam e se desviavam. Não sei se todos perceberam, mas a moça da rodoviária me olhou com um sorriso malicioso.

Passamos a palavra para a viúva virgem.

Ela começou dizendo que todos sabiam a história dela desde um pouco antes do acidente com o noivo, pois o casamento estava sendo bem comentado no vale. Todos souberam da trágica morte dele. Ela contou que ficou desesperada, teve vontade de morrer, passava os dias chorando e comendo, até se descobrir grávida e ter vontade de viver novamente. As vezes pensava estar louca, mas tinha certeza da gravidez, pois havia feito o exame e confirmado. O filho só podia ser do falecido noivo; sendo assim, precisava casar-se e registrar a criança como filho dos dois. Planejou todo o casamento sem dizer o motivo real; assim muitos acharam que ela estava ficando louca. Para o padre ela jurou, em confissão, que era virgem, pois ela e o noivo consideravam fundamental ter relações sexuais apenas depois do casamento. Explicou sobre a gravidez incomum e sobre a participação do espírito do noivo. Ela nunca soube se o padre a considerou doida, se acreditou nela, ou simplesmente resolveu casá-la para se livrar da insistência. Mas, no final, o importante foi ela ter conseguido casar-se. Afirmou estar bem e tranquila. Encerrou agradecendo o apoio de todos.

Finalmente chegou a vez da professora homossexual, e ela começou dizendo:

– Acho que devo explicar para vocês sobre a minha homossexualidade, para entenderem por que o meu enorme espanto ao saber da gravidez. Minha história começou na adolescência, quando as meninas desejam fazer 15, 16 anos para usarem maquiagem, participarem das festas, conquistarem os meninos. Eu gostava de ser feminina, me arrumar, como gosto até hoje, mas nunca me interessei por meninos. Quando começaram as festas, aniversários e bailes de 15 anos, eu ficava contrariada, desconfortável, quando os meninos me tiravam para dançar. Então, comecei a evitar os ambientes festivos. Quando terminei a escola, entrei para a faculdade numa cidade a 100 km de distância, pois onde morava, um lugarejo com menos de três mil habitantes, não havia faculdade. E nesse tempo, eu dava aula de Matemática na pequena escola local, durante a tarde. À tardinha passava a *van* que nos levava para a faculdade. Voltávamos quase à meia-noite. Pela manhã, eu estudava para a faculdade, preparava as aulas da tarde e só descansava um pouco nos finais de semana.

Nessa hora, minha irmã fez uma observação:

– Bem cansativa tua jornada. Não deve ter sido fácil.

Ao que ela respondeu sem hesitar:

– O trabalho físico nunca me cansou; cansativo era responder para familiares, amigos, alunos, colegas de trabalho e até desconhecidos em ônibus, sempre o mesmo questionamento: "Tu és casada? Tens filho? Como ainda não tiveste filho? Tu és bonita, inteligente, como não tens um namorado?".

Foi quando minha irmã comentou:

– Já enfrentei essa situação. De fato, cansa! Além de nos sentirmos desconfortáveis em ambientes onde a maioria são casais. Sabemos que podem até não perguntar, mas estão pensando.

E a professora homossexual continuou falando sob os olhares e ouvidos atentos dos participantes:

– Exatamente. Chegou um momento em que eu já não tinha mais paciência. E certamente não por acaso, conheci um rapaz homossexual na faculdade. Conversando com ele, ouvindo como ele havia constatado a homossexualidade, acabei me descobrindo. E daí? Como assumir no início dos anos 70 na minha minúscula cidade, perante minha família? Resolvi manter segredo. Um dia, caminhando no pátio da faculdade, encontrei uma folha, tipo de jornal, no chão. Peguei e li: "Estamos contratando professora de Matemática e Física para trabalhar num pequeno vale de 7 mil habitantes." Entendi que seria a oportunidade de me afastar exatos 270 km da minha cidade, onde ninguém se importaria com a minha vida pessoal. Naquela mesma tarde telefonei para a escola aqui do vale e pedi para me aguardarem. Estava chegando de mala e cuia. Agora já estou trabalhando aqui há quatro anos, sem namorar e sem me importar com isso.

Todos falaram ao mesmo tempo sobre entender o motivo de nunca ter se apaixonado. Até o médico ginecologista fez um comentário.

A professora, encabulada, com tantas manifestações, continuou:

– Voltando para minha história, depois de quatro anos na cidade, o padre da paróquia resolveu exorcizar os homossexuais. Apareceu até como notícia do jornal da capital: "Padre exorciza *gays*". Em todo o vale, apenas uma menina e dois meninos tinham assumido ser homossexuais, mas começaram a vir outros manifestantes de cidades vizinhas, e iam todos para a frente da igreja com cartazes contra o padre. E as beatas da paróquia estavam sempre a favor dele. Foi quando entendi que eu poderia fazer a diferença posicionando-me. Imaginem a polêmica! A diretora da escola quis me demitir na hora. Outra professora também. Dois professores me defenderam, e quem me salvou foram os alunos e alguns pais. E cá estou: homossexual, virgem e grávida.

Ao entenderem que ela havia finalizado dessa forma tão sincera e surpreendente, todos a aplaudiram.

Eu retomei a liderança do grupo concluindo:

– Estamos todos mais tranquilos, formamos um grupo coeso, dispostos a nos ajudarmos, sem angústias e inseguranças. Entramos numa fase de descanso e organização para as grávidas. Sugiro que os próximos encontros aconteçam apenas quando alguém do grupo sentir necessidade. Então, faremos a convocação dos outros participantes. Que acham?

O médico ginecologista, imediatamente, falou:

– Me coloco à disposição das grávidas. Qualquer dúvida, sintoma diferente, podem me procurar a qualquer hora do dia, estamos juntos nessa jornada.

Os 4 mosqueteiros também se colocaram a disposição

Encerramos com um brinde, já estava virando rotina, e comemos o bolo trazido pela senhora de vestido preto, grisalha e sisuda.

Nos despedimos confiantes.

Espera inquietante

Talvez o fato de eu finalmente ter uma rotina – casa, trabalho, casa – tenha contribuído para a sensação de que o tempo passava mais devagar. Por outro lado, as barrigas crescendo me mostravam o contrário. Quanto a mim e ao médico ginecologista, continuamos a nos encontrar regularmente. E o fato de ter se atrevido a pegar na minha mão ao andar ao meu lado, de ter me beijado no rosto ao se despedir, também demonstrava que o tempo passou, pois ele é bem demorado para tomar atitudes. Eu me pego sorrindo cada vez que lembro como foi para falar sobre a "possibilidade" de começarmos um namoro. Meu Deus do céu! Eu quase o interrompi e tomei a iniciativa, pois percebi o quanto ele estava tenso e inseguro.

Começou falando sobre o meu divórcio. Se havia um tempo determinado entre separação e voltar a namorar, se eu me incomodaria com o julgamento das outras pessoas, se eu havia esquecido mesmo o marido, se existia a chance de voltar para ele, tantos "se isso se aquilo"... Comentou sobre a medicina tomar o tempo que seria para lazer e vida amorosa. E quando eu questionei como, finalmente, ele estava conseguindo tempo para pensar nele, o homem ruborizou de uma forma tão visível que eu fiquei constrangida e arrependida de tê-lo provocado. Enfim, depois de tanta conversa saímos de mãos dadas do restaurante e na porta de casa ele se despediu com um beijo no meu rosto. No entanto, ao ser questionada pela minha irmã se era namoro ou amizade, eu não me atrevi a responder com segurança. Dei uma enrolada nela, que apenas sorriu.

Meu sobrinho, ou sobrinha, já estava se mexendo, e eu adorava colocar a mão na barriga da minha irmã e sentir o movimento.

Fizemos mais alguns encontros com as grávidas apenas. Para elas se sentirem à vontade e falarem de sintomas, inseguranças, trocarem ideias de compras de roupas, fraldas e mamadeiras.

Tudo transcorria perfeitamente, exceto as duas grávidas que faltavam para encerrar o mistério. Continuamos na busca diária, mas não as encontramos. Isso nos causava insegurança. E se tudo tivesse que começar novamente. Só nos restava aguardar. E enquanto aguardávamos, o vale continuava sendo o vale, com as suas bizarrices. O senhor do papagaio no ombro continuava circulando com a ave cravada nele. A eterna *miss* seguia fechada em casa e o jardim impecável. O casal gótico andava pelas ruas, ela sempre sendo puxada pela coleira, causando revolta e desconforto. A cabeça na praça aparecendo todos os dias 7 dos meses ímpares. Os *gays*, na frente da paróquia protestando, e o padre insistindo no exorcismo. O cemitério particular com seus capangas e os 7 cachorros pretos de dentes afiados. E eu, já habituada a tudo que outrora me causava tanto espanto.

E assim chegamos aos nove meses de gestação das grávidas virgens. Durante esses meses de barrigas aparecendo, pudemos perceber a reação dos moradores do vale. Alguns acreditavam nelas, outros debochavam dizendo que as *vagabundas* nem sabiam quem eram os pais e por isso inventaram a virgindade. Havia, ainda, os que admitiam estar em dúvida; precisavam mais algumas provas. Por sorte, com o apoio de todos os envolvidos, as grávidas virgens estavam bem seguras e nem se importavam com os julgamentos. Apenas aguardavam o tão esperado dia em que iriam parir, pegar os bebês no colo e finalmente concluir o desígnio, que lhes havia sido atribuído.

Enfim, o dia chegou

Na madrugada do dia 7 de julho de 1977, minha irmã começou a sentir contrações e dores; fomos direto para o hospital; era noite ainda. Encontramos a moça de cabelo preso com fita colorida já em trabalho de parto. Graças a Deus o médico ginecologista abriu o hospital na madrugada assim que foi acionado. Ele demonstrou alegria com a nossa chegada e comentou:

– Pelo jeito hoje começaremos a concluir nossa missão.

Nem bem terminou de falar, e chegou a professora homossexual apavorada; havia rompido a bolsa gestacional. Nesse momento as grávidas se agitaram, e a insegurança bateu forte; entenderam que dividiriam o único médico ginecologista da cidade. Ele pediu calma, mas também ficou apreensivo. Precisaria de ajuda. Mandou chamar as enfermeiras que estavam de folga. Urgente! E uma parteira antiga no vale, essa não fazia parto desde a chegada dele no hospital, mas deveria lembrar muito bem o que deve ser feito. O médico ginecologista pediu para eu ficar, colocar avental de cirurgia, lavar muito bem as mãos e estivesse preparada para ajudar.

Os habitantes do vale falam hospital, mas na verdade o vale tem um posto de saúde com um traumatologista; este vem duas vezes na semana atender no posto, o médico ginecologista atende num consultório dentro do posto e um clínico geral, que atende todos os dias. O posto de saúde conta com seis enfermeiras, que se revezam duas a cada oito horas e nos finais de semana, garantindo atendimento das 6 horas da manhã às 10 da noite.

Às 6 da manhã chegaram a senhora de vestido preto, grisalha e sisuda, a moça da rodoviária e junto com elas a moça morena de nariz delicado. Então a agitação foi geral.

O médico ginecologista avaliava cada grávida, acompanhando a dilatação, quando chegou a parteira e passou a ajudar. Ele pediu que eu orientasse a senhora de vestido preto, grisalha e sisuda e a moça da rodoviária como ele havia feito comigo; deveríamos estar todas preparadas e rezando para nenhuma grávida necessitar de cesárea.

O posto de saúde estava com a capacidade esgotada, as quatro camas existentes ocupadas, e se a viúva virgem também aparecesse? Esse parecia ser o plano **deles**, afinal.

Foi o momento mais doido da minha vida. Não sei explicar como, mas de repente estava a senhora sisuda e grisalha com duas enfermeiras cuidando da moça morena de nariz delicado, pois essa tinha nela muita confiança, a moça da rodoviária com outras duas enfermeiras cuidando da jovem com cabelo preso com fita colorida, a parteira com uma enfermeira e eu cuidávamos da minha irmã, enquanto o médico ginecologista e uma enfermeira assumiram a professora homossexual com a bolsa rompida.

Se eu não tivesse participado, não acreditaria.

Os quatro bebês nasceram às 7 horas do dia 7 de julho de 1977. Os quatro choraram ao mesmo tempo e todos pesavam exatos três quilos, trezentos e setenta gramas, equivalente a 7 libras e 7 onças...

Acham que a história dos partos termina aí?

Às oito horas estaciona um táxi branco e dele saem a viúva virgem visivelmente abatida e uma senhora com um bebê enrolado.

A viúva virgem começou a sentir as dores no início da madrugada, mas não quis incomodar ninguém; estava esperando o sol nascer para chamar o táxi do hospital. Às seis e trinta da manhã, a vizinha, percebendo luz acesa na casa, resolveu bater na porta para ver se estava tudo bem. A viúva virgem abriu a porta se arrastando, consumida pela dor das contrações; a vizinha, experiente, mãe de cinco filhos, entendeu que estava na hora do parto e achou arriscado a locomoção de carro. Prontificou-se a ajudar; pegou toalhas limpas, ferveu água, deitou a viúva virgem na cama, esterilizou uma tesoura, lavou bem as mãos e fez o parto do bebê. Pasmem! Nasceu às 7 horas da manhã pesando os mesmos três quilos, trezentos e setenta gramas...

O médico ginecologista examinou a viúva virgem e elogiou a vizinha por ter realizado o parto. Acomodaram a viúva virgem numa poltrona bem confortável, enquanto foram buscar colchão para ela. O médico ginecologista achou melhor todas ficarem no posto de saúde sob os cuidados dele até o dia seguinte. Elas estavam exaustas, mesmo assim não paravam de assuntar sobre as duas grávidas que estavam faltando. Ainda pairava o temor da profecia não ser concluída. Qual seria o destino delas e dos bebês? Estavam curiosas para saberem sobre a reação dos moradores do vale. Se havia morrido alguém. Não conseguiam relaxar. Eu disse que daria uma volta pelo vale e traria todas as notícias.

Um novo vale surgiu

Saí à rua e me deparei com o senhor do papagaio no ombro, mas sem o bicho de estimação. A ave soltou o homem, mas parecia ter criado um vínculo; sei lá, a verdade é que o papagaio voava ao redor do homem, ambos experimentando a liberdade.

Fiquei feliz por eles e continuei minha caminhada. Virando a esquina, cruzei por um casal de mãos dadas dançando enquanto se locomoviam, ela de vestido florido, cabelos soltos, sandália cor de laranja, enquanto ele vestia calça *jeans* e camiseta azul. Quando cruzaram por mim e sorriram, eu percebi que eles eram o casal gótico... Quanta mudança! Pensei. Dei uns passos e olhei para eles novamente, ambos me abanaram sorrindo.

Seguindo em direção à casa dos parentes assassinos, me dei conta de que a cidade estava calma; apesar dos cinco nascimentos, ninguém estava preocupado em morrer. Parei, analisei os arredores, prestei atenção nas pessoas, carros, bicicletas, todo movimento da cidade estava normal. Era meio-dia, até a fila para pegar viandas estava acontecendo, sendo que nos nascimentos anteriores eles tiveram prejuízo, pois as pessoas não comiam com receio de morrer de indigestão.

O que eu enxerguei, em seguida, me fez parar, olhar, fechar os olhos, abrir e olhar novamente. Como era possível? Há poucos dias a casa dos parentes assassinos estava com a pintura gasta, janelas quebradas, e hoje estava pintada e restaurada com balões coloridos e havia uma placa na qual estava escrito: *Escolinha da Alegria*. E abaixo: *Vagas abertas*.

Os 7 cachorros pretos correram na minha direção. Congelei! Tremia de medo. Eles se aproximaram abanando os rabos e pude perceber: era mais para o lado direito. Nunca imaginei um dia fazer carinho nos 7 cachorros pretos. Difícil foi me livrar deles, pois gostaram de mim.

Logo adiante, na casa das sequestradas havia uma placa: *Lar para Idosos*. O jardim estava com muitas flores e bancos coloridos espalhados pelo entorno. E uma tabuleta cravada na grama com a inscrição *Esperamos vocês*. Nesse momento me lembrei da senhora de vestido preto, grisalha e sisuda falando num dos últimos encontros sobre a casa que havia comprado com o dinheiro do seguro. Elas estavam providenciando a mudança da casa das sequestradas para uma casa menor, mais aconchegante antes de o bebê da moça morena de nariz delicado nascer.

Pensei ter ouvido o apito do trem, mas isso já seria demais. Apesar de os trilhos estarem em condições, seria necessário restaurar toda a estação. Em breve saberia.

Chegando em frente ao cemitério, no lugar onde antes estava escrito *Cemitério particular*, havia uma placa dizendo *Cemitério Municipal*. E no pórtico de entrada pude ler: *Fomos o que sois e sereis o que somos*. Recepção assustadora!

De repente aparece o senhor calvo de bigode branco, que me cumprimenta com um sorriso de satisfação e diz:

– A moça bonita e inteligente da capital está preparada para ouvir a fofoca mais recente do vale? Hoje cedo chegaram agentes federais vindos da capital para falar com o delegado. Eles trouxeram provas de que o cemitério nunca foi vendido para um estrangeiro. Foi armação do prefeito com o irmão dele para venderem túmulos no terreno ao lado. Falsificaram documentos e fizeram toda a cena de surpresa e indignação. Tiveram a ideia quando souberam que o terreno ao lado tinha dívidas maiores que o valor de venda. O herdeiro, morando na capital, se desligou de pagar os impostos. Os irmãos corruptos renegociaram as dívidas dele com a Prefeitura, isentando o herdeiro de qualquer pagamento com a condição de o terreno passar para o irmão do prefeito. Tudo armado. Eles não contavam com a vinda do herdeiro ao vale para o enterro do tio. A moça lembra do idoso falecido no dia do último nascimento? Pois então, o rapaz veio com a certeza de o enterro ser no cemitério da cidade e, ao se deparar com a placa de propriedade particular no antigo cemitério e descobrir o novo exatamente no terreno dele, resolveu entender como tudo aconteceu. Foi fácil juntar os pontos. Procurou a Polícia e, exatamente hoje, quando as crianças predestinadas nascem, nos livramos de um prefeito corrupto. Conforme a profecia, elas já estão trazendo o bem para o vale.

– Verdade. Muitas mudanças positivas já aconteceram.

Despedimo-nos, e eu continuei passando em frente aos pontos turísticos bizarros do vale, ex-bizarros, diria. Ainda faltava a casa dos queimados. E chegando na frente do local, tive uma grata surpresa: a casa foi transformada num *pub*. No letreiro estava escrito em vermelho: *Venha incendiar*.

Deveria voltar para o hospital, porém me dei conta que era dia 7 de um mês ímpar; então resolvi ver a cabeça na praça. Exatamente no lugar onde ela sempre aparecia havia uma estátua marmorizada parecendo aquelas estátuas de Michelangelo, e, pasmem, uma estátua sem cabeça. Sério! A estátua está lá na praça. Um corpo sem cabeça, mas, para quem a viu, trará sempre a lembrança da cabeça sem um corpo.

A sexta grávida

Chegando ao hospital, uma senhora de vestido verde e cabelos grisalhos presos num coque veio sorrindo na minha direção; quase nem cumprimentei a senhora de vestido verde, grisalha e ex-sisuda.

Em seguida chegou um menino aparentando uns 12 anos, exausto; mal conseguia falar. Tocou na minha mão e disse:

– Por favor, preciso de ajuda. Minha avó pediu para alguém do hospital ir na nossa casa de carro, buscar minha irmã; ela parece estar doente, com dor; gritou muito. E apareceu um bebê lá em casa; ele não para de chorar; minha avó disse que ele está com fome e frio. Por favor, moça!

Entrei com o menino, ofereci um copo d'água para ele, tomou quase se afogando e insistia para irmos logo, antes que a irmã e aquele nenê morressem. Garanti a ele que ninguém morreria. Logo estaríamos na casa deles. Procurei o médico ginecologista e lhe contei a história do menino. Nesse momento descobri: o posto de saúde não tem ambulância própria; eles acionam a da cidade vizinha, a 17 km, quando precisam remover pacientes graves para o hospital.

O médico ginecologista se prontificou a ir de táxi; levaria apenas uma ajudante com ele, pois voltariam o motorista, ele, a ajudante, a avó e a parturiente. Eu me ofereci para ser a ajudante. Levamos o necessário para auxiliar a jovem mãe e roupinha para o recém-nascido. O menino foi junto, mas não quis conversar. Ainda estava exausto e assustado.

Chegando na casa, a avó estava atônita. A pobre velha falava tudo ao mesmo tempo. Mas ficou claro que a filha havia morrido e o genro abandonado as crianças. Eles continuaram na casa, 7 km de distância do vale, por ser o único lugar que teriam para morar. As crianças não estudam, e todos ajudam a avó com a horta, tirar leite da vaca, fazer queijos. Duas vezes por semana passa um carroceiro, compra as verduras e o queijo e revende na cidade. A neta mais velha sempre foi obesa, razão por que ninguém notou a gravidez.

A avó ficava repetindo:

– Essa moça nunca teve namorado, nunca foi num baile, numa festa, nunca sai de casa, nem na escola vai.

Eu e o médico ginecologista nos entendemos no olhar. Era a sexta grávida virgem.

E a pobre velha, ofegante, seguia falando:

– Ela começou a gritar com muita dor na barriga e nas costas, durante mais de hora. Eu não sabia o que fazer, quem chamar; estava amanhecendo, devia ser 7 horas quando ela gritou desesperada que estava saindo algo de dentro dela. Eu corri e cheguei a tempo de impedir a queda do nenê no chão. Não conseguia entender, mas precisava correr, cortar o cordão, enrolar o nenê e depois entender como ele foi parar na barriga da minha neta. Sempre pensei que ela fosse moça pura. Quando pergunto se ela tem namorado, jura que nunca teve e diz: "a senhora sabe, *nonna*". E ela tem razão, eu sabia. Mas agora não sei mais nada. Eu não ia pedir ajuda; estava com vergonha; ninguém vai acreditar, vão chamar minha neta de vagabunda. Mas logo me dei conta de que não temos roupa para o recém-nascido, nem leite de bebê se minha neta não tiver leite. E eu não tinha como saber se ela estava bem. Achei melhor a vergonha e minha neta viva do que o orgulho e um deles ou os dois mortos.

Nesse momento o médico ginecologista a interrompeu, dizendo:

– A senhora fez tudo certo para ajudar no parto e foi muito prudente em mandar nos buscar. Prometo à senhora que cuidaremos muito bem da sua neta e do bebê.

E a *nonna*, bastante apreensiva, continuou sua narrativa:

– Obrigada, doutor. Eu estava perdida, não sabia o que fazer, então mandei meu neto até a cidade. Foi a primeira vez que ele foi sozinho a pé. Já tinha ido de carona com o carroceiro uma vez, para conhecer. Coitadinho, deve ter ido correndo pois parece que não levou nem duas horas.

Foi quando ela abraçou o neto, agradeceu ao menino e disse ter muito orgulho dele. Pediu que ele cuidasse de tudo enquanto ela acompanharia a mana ao hospital. E garantiu voltar antes do anoitecer.

O médico ginecologista examinou a moça. Coitada, estava morrendo de vergonha dele e dizia não entender como um nenê saiu de dentro dela. Somente mulheres casadas ganham bebês; eu sou solteira, repetia.

Explicamos para as duas que, conversando com as outras mulheres, elas seriam orientadas e entenderiam tudo.

A chegada delas foi uma festa. Todos aplaudiam, davam parabéns. A avó e a neta sem entenderem. O bebê foi examinado; mesmo peso dos demais. Elas conversaram com as outras grávidas virgens. Estavam atônitas ainda, mas tranquilas em relação à saúde da jovem mãe e do bebê. E as mulheres presentes, as parturientes, as enfermeiras, a senhora de vestido verde, grisalha e ex-sisuda, a moça da rodoviária, eu, todas, oferecemos apoio a elas. Garantimos roupas para o bebê, orientação, ajuda financeira, consultas com médico.

A avó foi levada de volta para o sítio, aliviada; ainda não havia assimilado tanta informação, mas teve a certeza da sinceridade da neta. E isso era o principal para ela.

As seis mamães ficaram no posto de saúde em colchões pelo chão, mas bem alimentadas e cuidadas pelo médico ginecologista e pelas enfermeiras. Nesse momento todos os presentes tinham uma certeza: haveria uma sétima grávida, e torciam que ela viesse para o hospital. Quando eu comecei a relatar as mudanças ocorridas na cidade, elas ficaram radiantes, pois tudo indicava a chegada dos bebês trazendo boas energias para o vale. Não devo ter narrado como minha irmã, mas tentei passar para elas cada detalhe. Senti que aquelas novidades deram ânimo, então precisava sair novamente, descobrir mais mudanças, me certificar que ninguém havia morrido mesmo, e tentar achar a sétima grávida.

O perdão

De repente entram na pequena sala, já lotada, um casal e dois rapazes. Eles nos cumprimentam e se dirigem à moça de cabelo preso com fita colorida. A mulher, visivelmente emocionada, começa a falar:

– Eu sinto muito não ter acreditado em ti e no meu marido. Graças a Deus, ele me perdoou; entendeu ser impossível acreditar numa gravidez sem a participação de um homem. Espero o teu perdão também. E queremos oferecer nossa casa para vocês. Prometo te ajudar a cuidar dessa criança. Queremos reparar a enorme injustiça que eu fiz contigo. Posso te abraçar?

E a moça de cabelo preso com fita colorida, com os olhos marejados, se levantou da poltrona e abraçou a mulher.

Todos ficaram emocionados e felizes pela jovem mamãe. A família se despediu e prometeram voltar no dia seguinte para buscá-la.

A moça de cabelo preso com fita colorida nos olhou e disse:

– Eu sabia que eles cuidariam de mim e do bebê; e chorou emocionada.

Logo depois entraram na sala um casal aparentando uns 50 anos, um rapaz e um senhor. Os quatro se dirigiram à moça morena de nariz delicado. A senhora abraçou a moça, dizendo:

– Minha filha, perdão! Eu devia ter acreditado em ti, por mais absurdo que fosse. Nunca mais tive paz nem conseguia sorrir. Depois de todo teu sofrimento, nos presenteias com uma linda criança. Que Deus te abençoe! Temos muito orgulho de ti. Volta para casa. Teu pai, tio e irmão querem pedir desculpas também.

– Fui muito injusto contigo. Eu deveria te proteger e não te escorraçar. Me perdoa! Volta para casa! – Falou o pai da moça, muito constrangido.

– Mana, desculpa. Eu fui um idiota, quis defender a honra da família e fui correndo avisar o tio para não te aceitar.

– Minha sobrinha, morro de vergonha quando lembro de ter te expulsado sem nem te deixar falar. Peço perdão!

E todos aguardavam a resposta da moça morena de nariz delicado. Ela então falou:

– Vocês nem imaginam o quanto esperei por este momento, a verdade ser percebida por todos. Vocês têm o meu perdão. Poderemos conviver sem problema. Mas não voltarei para a casa de vocês. Da forma como fui escorraçada, resolvi assumir essa não ser mais minha casa. Eu estava na praça, sem ter para onde ir, sem dinheiro, grávida, com fome e sofrendo muito pela grande injustiça, desesperada, querendo morrer para acabar com aquela situação. Não conseguia pensar em outra opção, não queria passar outra noite na praça, com fome, frio e medo. Quando a senhora de vestido preto, grisalha e sisuda se aproximou, disse acreditar em mim e ofereceu a casa dela. Formamos uma família e com elas vou ficar.

A senhora de vestido verde, grisalha e ex-sisuda ficou emocionada com a gratidão da moça de nariz delicado e agora tudo era motivo para ela sorrir.

Os quatro se despediram cabisbaixos, prometendo manter contato com a moça morena de nariz delicado.

Todos os presentes na sala admiraram a coragem e a determinação dela. De fato, a família deveria ter apoiado mesmo não acreditando nela.

Fiquei feliz por ter estado presente nesse momento do pedido de perdão, a moça morena de nariz delicado e a moça de cabelo preso com fita colorida haviam sofrido muito, pois ser injustiçado é uma das piores dores.

A sétima grávida

Decidi aproveitar que minha irmã estava bem assistida, e passear pela cidade, descobrir as outras mudanças e achar a sétima grávida virgem.

Passei pelo cemitério novamente, queria ter certeza de não haver mortos. Calmaria total.

Logo adiante esbarrei num menino. Ele caminhava com dificuldade. Estava de mão dada com uma senhora. Eles pediram desculpa, e fizeram questão de me contar o motivo pelo qual ele não conseguia caminhar bem. Era o menino-lobo. Fora adotado pela senhora meses atrás, mas somente hoje pela manhã quis usar roupas e caminhar ereto. Ela estava radiante, e ele também.

Resolvi passar na igreja; apressei o passo, pois já eram cinco horas da tarde de um sábado. Precisava agradecer a Nossa Senhora por estar sempre ao meu lado, a São Miguel Arcanjo, pela proteção, e ao Espírito Santo, por iluminar meus pensamentos quando mais precisei. Agradecer a Deus, por permitir estarmos inseridas no momento de júbilo dessa história tão longa e sofrida. E agradecer a Jesus, meu guia espiritual.

Chegando na igreja, percebi um movimento diferente. Entrei e havia um casamento. Reconheci a senhora que pegou a carta extraviada e gritava sobre o noivo da filha não a ter abandonado. Então fiquei sabendo que o casamento era da filha dela com o noivo. Assim que o rapaz recebeu a carta da moça explicando todo o acontecido, ele voltou para se casarem. Era notável a felicidade de todos os presentes. De repente o padre pediu licença para os noivos; precisava falar poucas palavras. Nesse momento ele pediu desculpa pelos exorcismos, disse não saber por que estava agindo daquele jeito. E acrescentou que a partir daquele dia, caso aconteça o infortúnio de algum bebê falecer na barriga da mãe antes dos cinco meses, que seja trazido para a igreja para o batismo. Admitiu estar equivocado ao dizer que fetos com menos de cinco meses não têm alma, e mais uma vez pediu perdão a todos.

Saí da igreja emocionada e permaneci na calçada aguardando a saída dos noivos. Precisava ver a fisionomia dos dois, conhecê-los. Eu fiquei muito triste quando soube do desencontro deles pelo extravio das cartas. Quando passaram por mim, pude ver o brilho nos olhos e o sorriso incontido. A vibração de todos era genuína. Eu me senti confortada.

Faltava a casa da eterna *miss*. Estaria com as janelas abertas? Acompanhando as mudanças do vale? Ao chegar em frente à casa, encontrei-a toda fechada. Confesso ter sentido um desânimo. Pobre mulher, pensei, a depressão dela é tão forte que nem a aura de positividade e mudança que tomou conta do vale tinha conseguido atingi-la.

Mas eu estava decidida. Seria o momento certo de oferecer amizade. Começaria contando sobre os bebês. Sobre os nascimentos sem mortes, sobre as casas macabras e todas as mudanças. Poderia convidá-la para passearmos juntas.

Abri o portão, entrei no pátio e bati na porta. Silêncio. Bati um pouco mais forte. Aguardei. Silêncio. De fato, ela não queria receber visitas. E nem espiou para ver quem poderia ser. Não queria receber, e pronto. Fiquei ali um tempo pensando se deveria ser inconveniente ou não. Entendi, no entanto, que seria a hora. Tinha assunto para iniciar uma conversa. Eu estava ainda sentindo a adrenalina circulando; precisava aproveitar. Insisti batendo com mais força na porta e gritei:

– Senhora, sei que estás aí. Por favor abra a porta. Não gostaria de saber sobre as novidades do vale? Seis grávidas virgens tiveram seus bebês hoje no hospital e um novo vale surgiu. Não existe mais cabeça na praça, casas macabras, cemitério particular. Se quiseres, posso te acompanhar num passeio pelas ruas.

E nesse momento, sem eu querer, minha mão se fechou e eu bati na porta com força dizendo:

– Por favor, abra a porta!

Foi quando ouvi um choro de bebê. Olhei em direção ao portão para ver quem estava passando, mas não havia ninguém. Olhei para os lados, e não enxerguei uma pessoa sequer. Tive certeza, o choro vinha de dentro da casa da eterna *miss*. Paralisei. Fiquei sem ação. Foi quando a porta se abriu. Uma jovem senhora, linda, fez sinal para eu entrar. Ela não falou, mal me olhou. Foi caminhando em direção ao choro. E disse: "Pode vir".

Quando entrei no quarto, havia um bebê no bercinho. Ao entrarmos, ele parou de chorar. Ela estava exausta, caminhando com dificuldade. Disse que ouviu minha fala sobre as mudanças e não foi surpresa para ela, pois estava sabendo do sobrenatural no vale. **Eles** falaram para ela. Então me explicou por que se escondeu completamente. Como explicaria a gravidez? Quem acreditaria que engravidou aos 50 anos sem contato com qualquer homem? Disse-me que já imaginava os comentários: "Com certeza recebia homens na calada da noite", "Quem será o pai?", "Impossível engravidar com 50 anos, deve ter roubado essa criança de alguém". Estava decidida a se manter escondida, mas sabia que seria difícil abafar os choros do nenê.

Expliquei toda a história da profecia, das outras seis grávidas virgens. Nessa hora me desculpei pela ousadia e perguntei se era virgem. Ela contou sobre os namoros e explicou que havia decidido casar virgem, por isso não havia tido relações sexuais. Consegui convencê-la de irmos para o hospital, para garantir a saúde dela e do bebê.

Chegamos no hospital e o relógio na entrada estava marcando 7 horas da noite.

A entrada da eterna *miss* com o bebê nos braços com certeza foi para ela mais emocionante que receber a faixa de *miss*. As seis mamães aplaudiam emocionadas e aliviadas. Todas se levantaram, abraçaram a eterna *miss*, se abraçaram entre si, me abraçaram. Todas falavam ao mesmo tempo. A eterna *miss* estava exausta, mas com certeza aliviada.

Telefonei para o médico ginecologista, pedi que viesse e trouxesse mais um colchão. Ele tinha ido em casa, mas já estava voltando. Assim que chegou, examinou a eterna *miss* e o nenê. Tudo certo. Nem precisava dizer, mas tinha o mesmo peso dos outros bebês.

A eterna *miss* relatou sobre o parto. Às 7 horas da manhã, o nenê nasceu com a ajuda **deles**. Sozinha não teria conseguido, ela afirmava.

Depois de tudo esclarecido, falei que iria dormir em casa. Precisava alimentar o vira-latas e descansar. Prometi voltar pela manhã.

O médico ginecologista pediu que eu o esperasse. Também dormiria em casa, pois ali já estava lotado. Uma enfermeira ficou com as grávidas.

Chegamos em frente à minha casa, eu o convidei para entrar e fazermos um brinde; tínhamos muito para comemorar. A conversa foi curta, devido ao cansaço de ambos. Na despedida, não sei se ainda devido à coragem do dia, ou se a partir daquele momento seria sempre assim, mas trocamos um longo beijo. Daqueles que o coração dispara e não queremos que acabe. Entendi que a partir daquele momento estávamos num relacionamento.

Profecia confirmada

A profecia estava concluída. Depois de seis reencarnações de enorme sofrimento, 7 crianças, geradas no ventre de 7 mulheres virgens nasceram para uma vida de paz e harmonia.

Um fotógrafo foi chamado para que fosse feita uma foto histórica dos 7 bebês, colocados num colchão lado a lado. Ele também fotografou os bebês com as mães, com o médico ginecologista, com os 4 mosqueteiros comigo, com as enfermeiras. Foi um momento inesquecível perpetuado nas fotos.

Segui meu caminho rumo à estação de trem; essa era minha grande expectativa, pois sabia que o progresso do local dependia de os trens estarem circulando. Como eu gostaria de ouvir o apito e o barulho das locomotivas tremulando sobre os trilhos.

Chegando na estação, havia movimentação de trabalhadores, uns pintando, outros limpando, outros consertando...

Ao me enxergar, um deles disse:

– Moça, as locomotivas vão voltar. Nosso vale vai prosperar. Saímos de 7 mil habitantes.

Eles estavam eufóricos, mas com certeza eu estava mais. Não sabia para onde olhar primeiro. Os bancos já estavam posicionados aguardando os passageiros. O piso da estação havia sido lavado; parecia recém-colocado, assim como as telhas, antes cheias de limo, agora pareciam novas. As luminárias de ferro preto, penduradas por ganchos torneados, também de ferro, não foram notadas por mim quando estive na estação pela primeira vez. Deviam estar encobertas por sujeira, ou haviam sido recolhidas. Para as paredes externas foi escolhida uma cor indefinida. Seria a hora de usar "cor de burro quando foge". Eu cresci ouvindo essa expressão e sempre tive curiosidade de entender que cor seria essa. Um dia, uma professora explicou: o correto é "corro de burro quando foge", mas, de tanto falarem errado, acabou sendo adotado "cor de burro quando foge" para uma cor indefinida. Como é essa cor? Perguntarão! Eu, cheia de razão, responderei: a cor da estação do trem não é verde, não é cinza, tão pouco amarela, vermelha, azul ou qualquer cor conhecida. Então, só pode ser "cor de burro quando foge".

Resolvi entrar; os guichês já estavam prontos e havia um senhor ensinando a uma jovem como ela deverá proceder com a venda das passagens. Ambos me olharam e sorriram. Lembrei-me da poesia na parede. E lá estava já restaurada. Eu nunca havia me esquecido da frase nela contida: "O trem vara a esperança".

Percorri a parte externa da estação e andei para o lado oposto ao movimento; resolvi caminhar pelos trilhos, sozinha, assimilando tudo que havia presenciado e sentido desde a minha chegada no vale.

Em poucos meses, mudei de cidade, me separei, fui testada na fé, na solidariedade e na empatia; confesso ter falhado em todas. Minha irmã precisava de mim e eu demorei muito para acreditar nela. Na outra vez que estive na estação eu estava perdida. Busquei o silêncio para achar respostas. Havia comparado os trilhos com a minha irmã e eu, lado a lado, porém desencontradas. Então, tudo clareou quando enxerguei uma curva nos trilhos, um encontro onde se cruzam e entendi: nós estávamos como os trilhos em linha reta, mas, como os trilhos, em algum momento nos encontramos.

Os moradores do vale descobriram maneiras de driblar o destino bizarro que os cercou por um tempo. A recompensa pela fé e resiliência devolveu o sorriso e a alegria para a senhora sisuda, o senhor e o papagaio descobriram a liberdade e a lealdade, os noivos separados por cartas extraviadas se reencontraram, os mortos irão se encontrar no céu e na terra, a 7 palmos do chão. O menino cachorro tem uma família humana, o vale não tem mais casas macabras. A eterna *miss* exibirá sua beleza e a do bebê. Ninguém precisará mais temer um parto. O casal gótico será apenas um casal. Até a cabeça; acabou o martírio de vir assombrar todos os dias 7 dos meses ímpares. Eu encontrei um parceiro que me valoriza. Minha irmã e as outras mulheres escolhidas estavam em harmonia com elas mesmas e com o ambiente. Os 4 mosqueteiros tinham cumprido sua missão com louvor.

Iniciei minha caminhada de volta à estação.

O trem vara a esperança.

O sol morno e a brisa amena tocavam minha pele.

Finalmente, eu entendi o significado de sentir-se plena.

E os bebês? Eu estava muito tranquila quanto ao futuro deles. Até que...

Tudo aconteceu durante a sessão de fotos. Os 7 bebês foram colocados, lado a lado, num colchão. E quando o fotógrafo empunhou a câmera e mirou o foco neles, eu me vi ofuscada por uma súbita e intensa luminosidade.

Foi incrível: Eu olhei para os bebês e enxerguei 7 corações brilhantes. Uma luz muito forte nascia deles.

Não tive dúvida: eram os corações dos bebês que emitiam um clarão descomunal.

Assustada, olhei para os lados. E pela reação de todos, só eu tinha percebido aqueles raios de luz.

Estremeci. Por que todos estavam olhando para os bebês e só eu estava sendo ofuscada?

Caminhei em direção ao hospital. Minha irmã iria para casa com o bebê, e eu sabia que uma nova etapa estava por começar.

De repente, um menino me chama:

– Moça! Espera! Tenho uma carta para te entregar.

Peguei a carta, e vi que não tinha remetente. Logo perguntei:

– Quem te entregou essa carta?

– Não conheço a pessoa.

– Não conhece? Como assim?

– É... De vez em quando eu recebia dinheiro para entregar cartas para um senhor careca, de bigode branco, e para uma senhora de vestido preto, com cara emburrada. E hoje a pessoa me disse que de agora em diante eu vou entregar cartas só para a moça da capital.

– Agradeci e insisti um pouco... será que ele não sabia mais nada, mesmo?

– Não, moça, eu juro. Eles me pagam e eu entrego. No seu caso eles apenas insistiram que eu preciso entregar sempre na rua, nunca em casa, e sempre que estiver sozinha.

Nem tive tempo de indagar mais nada.

– Já entreguei. Vou indo.

Abri a carta. De tão curta, mais parecia um bilhete.

"Desculpa se a luz te cegou. Foi nosso primeiro contato..."

Meu coração disparou.

Agora quem tinha um segredo era eu.

Claudia De Franceschi

Claudia De Franceschi é natural de Cachoeira do Sul. Concluiu o Ensino Médio na Troy High School, Michigan, USA.

Graduada em Odontologia e especialista em Periodontia, foi professora na Faculdade de Odontologia da Pontifícia Universidade Católica do Rio Grande do Sul, em Porto Alegre e na Ulbra, em Canoas.

Casada com Luzimar Brasil, mãe do Arthur e do Eduardo e avó do Antonio.

A *cidade dos fetos sem pai* é seu primeiro livro publicado.